RUDYARD KIPLING

MOGLI
O MENINO LOBO

TRADUÇÃO:
Monteiro Lobato

EDIÇÃO REVISTA E ATUALIZADA

COPYRIGHT © FARO EDITORIAL, 2023
COPYRIGHT © RUDYARD KIPLING (1865 - 1936) — DOMÍNIO PÚBLICO
COPYRIGHT © MONTEIRO LOBATO (1882- 1948) — DOMÍNIO PÚBLICO

Todos os direitos reservados.
Nenhuma parte deste livro pode ser reproduzida sob quaisquer meios existentes sem autorização por escrito do editor.

Diretor editorial **PEDRO ALMEIDA**
Coordenação editorial **CARLA SACRATO**
Assistente editorial **LETÍCIA CANEVER**
Preparação **CIBELIH H. TORRES**
Revisão **NATHÁLIA RONDAN E CRIS NEGRÃO**
Capa e diagramação **REBECCA BARBOZA**
Ilustrações de capa **DISK | SHUTTERSTOCK, REBECCA BARBOZA**
Ilustrações de miolo **ALYONA RO, DENYS DROZD | SHUTTERSTOCK, FREEPIK.COM**

Dados Internacionais de Catalogação na Publicação (CIP)
Jéssica de Oliveira Molinari CRB-8/9852

Kipling, Rudyard,1865-1936
  Mogli : o menino lobo / Rudyard Kipling ; tradução de Monteiro Lobato. -- São Paulo : Faro Editorial, 2023.
  96 p.

  ISBN 978-65-5957-351-6
  Título original: The jungle book

  1. Literatura infantojuvenil indiana I. Título II. Lobato, Monteiro

23-1401   CDD 028.5

Índices para catálogo sistemático:
1. Literatura infantojuvenil indiana

1ª edição brasileira: 2023
Direitos de edição em língua portuguesa, para o Brasil, adquiridos por FARO EDITORIAL.

Avenida Andrômeda, 885 — Sala 310
Alphaville — Barueri — SP — Brasil
CEP: 06473-000
www.faroeditorial.com.br

SUMÁRIO

CAPÍTULO 1
OS IRMÃOS DE MOGLI 5

CAPÍTULO 2
AS CAÇADAS DE KAA 22

CAPÍTULO 3
COMO APARECEU O MEDO 40

CAPÍTULO 4
TIGRE! TIGRE! 49

CAPÍTULO 5
A SELVA SE ESTENDE 62

CAPÍTULO 6
A EMBRIAGUEZ DA PRIMAVERA 80

CANTO FINAL 94

Os irmãos do Mogli

E então trouxe a noite Chil, o gavião
Que o morcego Mang liberta –
O gado é preso no estábulo para proteção,
Pois soltos estamos, até a manhã incerta.
É esta a hora do orgulho e da força.
Unha ferina, aguda garra.
Ouve-se o grito: "Uma boa caça
A quem a lei da selva se agarra".

Canto noturno da selva

OS IRMÃOS DE MOGLI

Nos montes Seoni, ali pelas sete horas daquela noite tão quente, Pai Lobo despertava do seu longo sono, coçava-se, bocejava e alongava as patas, uma depois da outra, para espantar delas a sensação de cãibra. Deitada ao seu lado, com o focinho cinza entre os quatro filhotes de pernas bambas que ululavam, Mãe Loba tinha os olhos fixos na lua, que, naquele momento, aparecia na boca da caverna onde eles todos moravam.

— Opa! Está na hora de sair de novo à caça — disse Pai Lobo. E estava prestes a deixar a caverna quando um vulto de cauda peluda apareceu na entrada e ganiu:

— Boa sorte para você, ó chefe dos lobos! — exclamou o vulto. — Que além da boa sorte, dentes fortes e brancos acompanhem sua nobre ninhada, para que jamais se esqueçam dos famintos deste mundo.

Era o chacal[1] Tabaqui, o comilão, que os lobos da Índia desprezavam por viver fazendo pequenas maldades e contando mentiras, quando não andava revirando o lixo das aldeias para roer trapos e pedaços de couro. Mas se o desprezavam, também o temiam, porque era chacal, e os chacais facilmente ficam loucos, esquecem o respeito aos mais fortes e correm pela selva mordendo todo animal que encontram. Até o tigre foge, ou se esconde, quando vê o pequeno Tabaqui.

— Entre — disse-lhe Pai Lobo. — Mas desde já aviso que não há nada de comer aqui.

— Não haverá para um lobo — respondeu Tabaqui. — Mas, para uma criatura mesquinha como eu, um osso velho vale por um banquete. Quem somos nós chacais para escolher?

---

1 Chacal: mamífero feroz, da família dos canídeos, como os lobos e as raposas.

E, dizendo isso, dirigiu-se, guiado pelo faro, a um canto da caverna onde havia alguns ossos de cervo com um pouco de carne que começou a roer alegremente.

— Muito obrigado por esse delicioso petisco — disse Tabaqui, lambendo os beiços. — Que lindos filhos os seus, Pai Lobo! — continuou. — Que olhos grandes! E tão jovens! Não negam serem filhos de rei.

Tabaqui sabia muito bem que não era de bom-tom elogiar uma cria cara a cara e, se daquele modo elogiava os filhotes do lobo, fazia-o apenas para ver o constrangimento causado aos pais. Assim, sentou-se sobre as patas traseiras e ficou um instante calado, apreciando a própria travessura; depois disse, com maldade:

— Shere Khan, o maioral, mudou seu campo de caça. Vai agora caçar por esses montes, foi o que ele me contou.

Shere Khan era o tigre que morava às margens do rio Waingunga, a pouco mais de trinta quilômetros dali.

— Ele não tem o direito de fazer isso! — protestou Pai Lobo, irritado. — Pela lei da selva, não tem o direito de mudar de campo de caça sem avisar aos moradores. A presença de Shere Khan aqui vai espantar a caça num raio de quinze quilômetros, e eu... eu tenho que caçar por dois agora.

— Não é à toa que a mãe de Shere Khan o chama de *Lungri* (o manco) — disse Mãe Loba. — Ele nasceu manco de uma pata; por isso só se alimenta de gado. Agora, como os habitantes humanos do Waingunga andam furiosos com ele, então ele veio para cá enfurecer também os homens desta região. Devemos todos agradecer ao tal Shere Khan!

— Devo contar a ele sua gratidão? — perguntou com ironia o chacal.

— Fora daqui! — berrou Pai Lobo, enfurecido com a impertinência. — Vá caçar com o seu mestre, já nos aborreceu o bastante por hoje.

— Vou, sim — respondeu Tabaqui, muito calmo. — Já estou ouvindo os passos dele por entre os arbustos.

Pai Lobo empinou as orelhas. De fato, distinguiu, vindo do vale por onde corria um riacho, o bufar furioso de um tigre que não caçou nada e parecia não se importar que toda a selva soubesse disso.

— Doido! — exclamou Pai Lobo. — Começar sua caçada noturna bufando dessa maneira... Será que pensa, por acaso, que os cabritos monteses desta região são os bezerros gordos do Waingunga?

— Xiu! Ele não está caçando bezerro nem cervo — advertiu Mãe Loba. — Está caçando homem...

O barulho se transformou numa espécie de ronronar cantarolado que parecia vir de todos os quatro cantos. Era o ruído que desorientava os lenhadores e ciganos que dormem ao relento, fazendo-os correr, às vezes, justamente em direção à boca do tigre.

— Caçando homem! — repetiu Pai Lobo, com os dentes arreganhados.

— Esse tigre não tem rãs e besouros o suficiente nos pântanos para inventar de caçar homens, e logo na nossa área?

O ronronar do tigre ficou mais alto, e terminou, enfim, em um urro: sinal de bote. Em seguida, ouviu-se um uivo de desapontamento de Shere Khan.

— Errou o pulo — disse Mãe Loba. — O que terá acontecido?

Pai Lobo correu para fora e logo parou para ouvir melhor os urros ferozes de Shere Khan que uivava como se houvesse caído numa armadilha.

— O doido se atirou em uma fogueira de lenhadores e queimou as patas — respondeu Pai Lobo, num rosnado. — E Tabaqui está com ele — completou depois, ouvindo de longe o que se passava.

— Algo se aproxima — disse Mãe Loba, empinando uma orelha. — Atenção!

Também ouvindo um rumor na folhagem, Pai Lobo ficou de bote armado para o que desse e viesse. Aconteceu então uma coisa linda: um bote que se deteve a meio caminho. Porque o lobo iniciara o pulo antes de saber do que se tratava e, já no ar, vendo o que era, recolheu o resto do pulo, voltando à posição anterior.

— Homem! — exclamou Pai Lobo. — Um filhote de homem!

Em frente a ele, de pé, apoiado em um galhinho baixo, havia um menino nu, de pele morena, que mal começara a andar: o pequenino mais fofo e com covinhas que já aparecera em uma caverna de lobo à noite. O menino olhava para Pai Lobo, sorrindo.

— Filhote de homem? — repetiu de longe Mãe Loba. — Nunca vi um. Traga-o para cá.

Acostumados a lidar com as suas próprias crias, os lobos conseguiriam levar um ovo na boca sem quebrá-lo; por isso, Pai Lobo pôde trazer o menino suspenso pela nuca e colocá-lo no meio da sua ninhada, sem lhe causar o menor arranhão.

— Que pequenino! É tão valente! — exclamou Mãe Loba, com delicadeza, enquanto a criança se ajeitava entre os lobinhos para melhor se aquecer. — Ai! — continuou a loba. — Está comendo junto com nossos filhos, e é um filhote de homem... Será que já houve família de lobos que pudesse se gabar de ver um filhote de homem misturado à sua ninhada?

— Já ouvi falar de coisa assim — disse Pai Lobo. — Mas não em nosso bando nem durante o tempo de minha vida. Não tem nenhum pelo e morreria com um tapinha meu, mas veja! Olha para nós sem medo algum.

Nisso, a caverna escureceu: a enorme cabeça quadrada de Shere Khan bloqueava a entrada. Atrás do tigre vinha Tabaqui, choramingando:

— Meu senhor, meu senhor, ele se meteu aqui.

— Shere Khan nos honra com sua presença — disse Pai Lobo, amavelmente, saudando o tigre, embora a irritação dos seus olhos desmentisse a gentileza das palavras. — O que deseja, Shere Khan?

— Quero a minha caça: um filhote de homem que entrou nessa caverna — respondeu o tigre. — Seus pais fugiram. Entreguem-no!

Shere Khan pulou sobre a fogueira de um acampamento de lenhadores, exatamente como o lobo havia previsto, e estava agora furioso com a dor das patas queimadas. Queria se vingar no menino que conseguiu escapar. Mas Pai Lobo sabia que a entrada da caverna era estreita demais para dar passagem a um tigre e que, portanto, a cólera dele não oferecia perigo nenhum. Mesmo onde estava, as patas dianteiras de Shere Khan estavam apertadas e à procura de espaço, como estaria um homem se tentasse lutar dentro de um barril. Por isso, respondeu:

— Os lobos são um povo livre. Recebem ordens unicamente do líder da alcateia e jamais de um comedor listrado de bezerros. O filhote de homem é nosso, se quisermos.

— Se quisermos! — repetiu com sarcasmo o tigre. — Quem fala aqui em querer? Não vou ficar nessa caverna de cães à sua disposição. Sou eu, Shere Khan, quem fala, ouviu?

E o rugido do tigre encheu a caverna, igual a um trovão. Mãe Loba se aproximou dos seus filhotes, fixando nos olhos acesos do tigre os seus olhos vivos como duas luzinhas verdes.

— Quem responde agora sou eu — disse ela. — Eu, Raksha, a Demônia. O filhote de homem é nosso, *Lungri*, só nosso! Não será levado por você. Viverá para correr pelos campos com o nosso bando e com ele caçar; e, por fim, preste bastante atenção, caçador de crianças, comedor de rãs e peixes, um dia ele vai caçar você! Vá agora! Corra para sua mãe, seu tigre manco! Vá embora!

Pai Lobo a observou assustado. Já quase se esquecera do dia em que conquistara aquela companheira em luta feroz com cinco rivais, no tempo em que a loba vagueava solteira no bando e ainda não recebera o nome de guerra que possuía agora: Raksha, a Demônia.

Shere Khan tinha aguentado o olhar do lobo, mas não pôde suportar o olhar da loba, firme na sua posição e pronta para lutar. Ele retirou da abertura da caverna a cabeça quadrada para, depois de alguns bufos, urrar:

— Todo cão sabe latir de dentro dos canis! Vamos ver o que pensa a alcateia sobre abrigar e defender filhotes de homem.

O tigre se retirou, bufando, e a loba voltou ofegante para o meio da sua ninhada. O lobo disse, então, sério:

— Shere Khan está certo nesse ponto. O filhote de homem tem que ser apresentado à alcateia para que os lobos decidam o que fazer. Você ainda quer mantê-lo conosco?

— Sim — respondeu rapidamente a loba. — Chegou aqui descoberto, de noite, só e faminto. Apesar disso, não demonstrou medo. Olha! Lá está ele puxando um dos nossos filhotes... E pensar que por um triz aquele carniceiro manco não o pegou aqui em nossa presença, para depois fugir para Waingunga, enquanto os camponeses estivessem caçando em nossas terras! Mantê-lo conosco? Mas é claro! — E, voltando-se para a criança: — Dorme sossegada, pequenina rã. Dorme, Mogli, pois assim vou chamá-lo daqui por diante: Mogli, a Rã. Dorme, virá o tempo em que você caçará Shere Khan, como ele quis caçá-lo ainda há pouco.

— Mas o que dirá a alcateia? — indagou Pai Lobo, apreensivo.

A lei da selva permite que cada lobo deixe a alcateia logo que se case. Mas, assim que seus filhotes desmamam, os pais precisam levá-los ao Conselho – geralmente reunido uma vez por mês durante a lua cheia – para que os outros os conheçam e possam identificá-los. Depois dessa apresentação, os lobinhos passam a viver livremente, podendo andar por onde quiserem. E, até que cacem o primeiro cervo, nenhum lobo adulto tem o direito de atacar um deles, por qualquer motivo que seja.

Pai Lobo esperou que seus filhotes desmamassem e, então, numa noite de assembleia, dirigiu-se com Mãe Loba, Mogli e seus filhotes para o ponto marcado: a Rocha do Conselho, um alto pedregoso na montanha, onde cem lobos poderiam se juntar. Akela, o Lobo Solitário, que chefiava o bando devido à sua força e astúcia, já estava lá, sentado na sua pedra, tendo pela frente, também sentados sobre as patas traseiras, quarenta ou mais lobos de todos os pelos e tamanhos, desde veteranos pardos, que podem sozinhos carregar um cervo nos dentes, até jovens de três anos que acham que podem fazer o mesmo. O Solitário os chefiava há um ano. Após cair em duas armadilhas, quando mais jovem, sabia muito bem da malícia dos homens, suas táticas e jeitos.

Houve pouca discussão no Conselho. Os filhotes que vieram para ser apresentados permaneciam no meio do bando, ao lado de seus pais. De vez em quando um veterano ia até eles, examinava-os cuidadosamente e voltava para o seu lugar, sem fazer barulho. Ou então uma das mães empurrava o filhote para um ponto onde pudesse ficar bem visível, de modo que não escapasse às vistas de toda a alcateia. Do seu rochedo, Akela dizia:

— Vocês conhecem a lei. Olhem bem, portanto, ó lobos, para que mais tarde não haja enganos.

E as mães, sempre ansiosas pela segurança dos filhos, repetiam:

— Olhem bem, lobos. Olhem bem.

Por fim chegou a vez de Mãe Loba ficar aflita. Pai Lobo empurrava Mogli, a Rã, para o centro da roda, onde o filhotinho de homem se sentou, sorridente, brincando com alguns pedregulhos que brilhavam ao luar.

Sem erguer a cabeça das patas, Akela prosseguia no aviso "Olhem bem, lobos", quando ressoou o rugido de Shere Khan por trás das pedras:

— Esse filhote de homem é meu! Entreguem-no! O que o povo livre tem a ver com um filhote de homem? — urrou ele.

Akela, não ligou, nem sequer mexeu as orelhas. Apenas ampliou o aviso:

— Olhem bem, lobos. O povo livre nada tem a ver com as opiniões dos que não pertencem ao nosso grupo. Olhem, olhem bem.

Ouviu-se um coro de uivos profundos, do meio do qual se destacou, pela boca de um lobo de quatro anos, que achara justa a reclamação do tigre, esta pergunta:

— Mas o que o povo livre tem a ver com um filhote de homem?

A lei da selva decreta que, se há alguma dúvida em relação à entrada de um filhote na alcateia, ele deve ser defendido por dois membros do bando que não sejam seus pais.

— Quem se apresenta para defender esse filhote? — gritou Akela. — Quem, no povo livre, fala por ele?

Não houve resposta, e Mãe Loba se preparou para o que podia ser sua última luta, caso as coisas chegassem a esse ponto.

A única voz, sem ser de lobo, permitida no Conselho era a de Balu, o sonolento urso pardo que ensinava aos lobinhos a lei da selva; o velho Balu, que podia andar por onde quisesse porque só se alimentava de nozes, raízes e mel. Pois ele se levantou sobre as patas traseiras e grunhiu:

— Quem fala pelo filhote de homem? Eu. Eu falo por ele. Não vejo mal nenhum em que viva entre nós. Posso não saber falar bem, mas estou dizendo a verdade. Deixem-no viver livre na alcateia como irmão dos demais. Balu lhe ensinará as leis da nossa vida.

— Outra voz que se levante — disse Akela. — Balu já falou. Balu, o mestre dos lobinhos. Quem fala pelo filhote, além dele?!

Uma sombra se projetou no círculo formado pelos lobos: a sombra de Baguera, a Pantera Negra macho, da cor da noite, com o eventual reflexo de luz na sua pelagem mostrando suas pintas feito uma seda desenhada. Todos o conheciam e ninguém atravessava seu caminho. Baguera era tão inteligente como Tabaqui, tão corajoso como o búfalo e tão incansável como o elefante ferido. Tinha, entretanto, a voz doce como mel selvagem escorrendo de uma árvore e a pele mais macia do que o veludo.

— Akela e demais membros do povo livre! Não tenho direito de falar nessa assembleia, mas a lei da selva diz que, se há dúvida quanto a um novo filhote, a vida dele pode ser comprada por um certo preço. A lei, entretanto, não declara quem pode ou não pode pagar esse preço. Estou certo?

— Sim, sim! — gritaram os lobos mais moços, que estavam sempre com fome. — Ouçamos Baguera. O filhote de homem pode ser comprado por um certo preço. É a lei.

— Bem — disse a pantera. — Já que me autorizaram, peço licença para falar.

— Fala! Fala! — gritaram vinte vozes.

— Matar um filhotinho de homem é pura vergonha. Além disso, ele pode ser muito útil a todos nós quando crescer. Junto-me a Balu e ofereço o touro gordo que acabo de caçar a menos de um quilômetro e meio daqui como preço para que o recebam na alcateia, de acordo com a lei. Vocês aceitam a minha proposta?

Houve uma exclamação de dezenas de vozes, que gritaram:

— Não vemos mal nisso. De qualquer maneira, ele não vai sobreviver até a próxima estação das chuvas, ou será queimado pelo sol. Que dano nos pode fazer a vida dessa rãzinha nua? Que fique na alcateia. Onde está o touro gordo, Baguera? Aceitamos a sua proposta.

Cessada a gritaria, ressoou a voz grave de Akela:

— Olhem bem, lobos!

Mogli continuava distraído com os pedregulhos, e nem notou quando os lobos vieram para espiá-lo, um por um. Por fim, todos se dirigiram para onde estava o touro gordo, ficando ali apenas Akela, Baguera, Balu e o casal de pais adotivos do menino.

Shere Khan urrava por ter perdido a presa que queria tanto.

— Urra, urra! — rosnou Baguera. — Urra, que daqui um tempo essa coisinha fará você urrar em outro tom, ou eu não sei nada sobre homens.

— Está tudo bem — disse Akela. — O homem e seus filhotes são espertos. Esse poderá nos ajudar muito, um dia.

— Certamente, porque não podemos chefiar o bando toda a vida — completou Baguera.

Akela se calou. Estava pensando no momento em que cada chefe de cada alcateia começa a sentir o peso dos anos. O líder vai ficando sem forças até que outro surge para o substituir.

— Leve-o — disse Akela a Pai Lobo —, e o eduque bem, para que seja útil ao povo livre.

Foi assim que Mogli entrou para a alcateia: à custa de um touro gordo e pelas palavras de Balu.

Pulemos agora dez anos de descrição da vida de Mogli entre os lobos, coisa que daria história para muitos outros livros. Digamos apenas que ali cresceu entre os lobinhos, embora todos ficassem adultos antes que Mogli deixasse de ser criança. Pai Lobo lhe ensinou sobre a vida e o sentido das coisas da selva, em todos os detalhes. Os menores ruídos nas folhagens, o movimento das brisas, as notas do canto da coruja, cada arranhão que a garra dos morcegos deixa na casca das árvores, onde se penduram por um momento, o respingo na água de cada peixinho que dá pulos na superfície: tudo tem muito significado para os animais da floresta.

Quando Mogli não estava aprendendo, sentava-se ao sol para dormir. Depois comia e, depois de comer, ia dormir de novo. Quando se sentia sujo ou suado, nadava nas lagoas da selva e, quando queria mel (Balu lhe ensinara que mel e nozes eram alimentos tão bons como a carne crua), subia nas árvores para colhê-lo nas colmeias. Com Baguera aprendeu a subir em árvores. A pantera costumava saltar sobre um galho e chamar: "Venha, irmãozinho!". No começo, Mogli subia como uma preguiça, mas, por fim, adquiriu a rapidez e a agilidade de um macaco. Um dia começou a ter o seu próprio lugar no Conselho. Sentava-se entre os lobos e brincava de encará-los fixamente, até que baixassem os olhos. Frequentemente tirava espinhos das patas de seus irmãos lobos. Também costumava descer o morro durante a noite, para chegar perto das aldeias e espiar os homens. Adquiriu, entretanto, uma grande desconfiança dos homens desde que Baguera lhe mostrara uma armadilha feita em certo ponto da floresta, habilmente oculta por folhas secas. O que mais agradava a Mogli era ir com Baguera aos lugares mais fechados da selva, para lá dormir enquanto a pantera caçava. Baguera ensinou-lhe a caçar, como e o que caçar. Os touros, por exemplo, ele tinha que respeitar, porque devia sua entrada na alcateia à vida de um touro.

— Toda a selva é sua — disse Baguera —, e você tem o direito de caçar sempre que se sentir forte o suficiente; mas, por amor ao touro ao qual você deve a vida, poupe o gado, seja ele velho ou novo. Essa é a lei da selva.

Mogli, que sempre o ouvia com respeito, jamais deixou de seguir aqueles mandamentos.

E assim cresceu, e cresceu forte como todas as criaturas que não sabem que estão aprendendo as lições da vida e nada mais têm a fazer no mundo além de comer.

Mãe Loba lhe disse certa vez que Shere Khan não era criatura em quem se podia confiar, e que ele estava predestinado a matar Shere Khan. Um lobinho novo que ouvisse aquilo se lembraria sempre do aviso. Mogli, porém, que, embora se considerasse lobo, era homem, logo esqueceu o comentário.

Shere Khan andava sempre atravessando o seu caminho. À medida que Akela envelhecia e se tornava mais fraco, o tigre mais e mais se aproximava dos lobos jovens, que o seguiam na caça para pegar as sobras – coisa que o Lobo Solitário jamais permitiria, se ainda pudesse manter a sua autoridade dos bons tempos. Por isso Shere Khan os bajulava, dizendo que se admirava de que lobos moços e fortes aceitassem à chefia de um lobo tão velho, acompanhado por um filhote de homem.

— Dizem por aí — dizia ele, em busca de intriga — que, nas reuniões do Conselho, nenhum de vocês ousa sustentar o olhar desse menino... — e, ao ouvirem aquilo, todos os lobos rosnavam, furiosos.

Baguera, cujos olhos e ouvidos andavam por toda a parte, soube da intriga e por várias vezes avisou Mogli de que Shere Khan queria atacá-lo um dia. Mogli ria, respondendo:

— Tenho ao meu lado a alcateia e tenho também você. E tenho ainda a amizade de Balu, que, apesar de preguiçoso, dará bons tapas em minha defesa. Por que, então, ter medo de Shere Khan?

Foi só num dia muito quente que uma nova ideia ocorreu a Baguera, fruto de algo que ele havia escutado. Talvez tivesse sido Ikki, o Porco-espinho, quem lhe houvesse sugerido. Estavam na parte mais fechada da floresta, e Mogli se deitara com a cabeça em repouso sobre o pelo macio da pantera.

— Mogli — disse Baguera —, quantas vezes já disse que Shere Khan é seu inimigo?

— Tantas quanto os cocos que há naquela palmeira — respondeu o menino, que ainda não sabia contar. — Mas e daí, Baguera? Estou com sono, e Shere Khan não me interessa mais do que Mao, o Pavão.

— Não é hora de dormir — replicou a pantera. — Balu sabe disso. A alcateia sabe disso. Os veados, louquinhos que são, sabem disso. E até Tabaqui já avisou você.

— Ora! — exclamou Mogli, com desprezo. — Tabaqui veio até mim, não faz muito tempo, falando que eu era filhote de homem. Agarrei-o pela cauda e o joguei duas vezes contra um coqueiro, para ensiná-lo a ser menos atrevido.

— Isso foi um descuido seu. Embora Tabaqui seja um malfeitor mesquinho, ele teria falado coisas que são importantes para você. Abra os olhos, irmãozinho. Shere Khan não ousa atacá-lo aqui na selva; mas não se esqueça de que Akela está envelhecendo e logo chegará o dia em que não poderá mais caçar um cervo. Ele estará, então, no fim da sua longa chefia. Muitos lobos que você conheceu no Conselho também estão ficando velhos, e a nova geração pensa conforme o que os disse Shere Khan. Todos pensam, como o tigre, que não há lugar na alcateia para filhotes de homem. E logo você será mais que isso... você será um homem.

— E o que é ser um homem? Não poderá um homem viver com seus irmãos lobos na alcateia? — replicou o menino. — Sou da selva, tenho obedecido à lei da selva, e não existe no bando um só lobo do qual eu não tenha tirado espinhos das patas. Tenho a certeza de que todos me consideram como irmão.

Baguera se espreguiçou, com os olhos semicerrados.

— Irmãozinho — disse ele —, apalpa o meu pescoço.

Mogli obedeceu e, na sedosa pele do pescoço de Baguera, descobriu um ponto pelado e caloso.

— Ninguém na selva sabe que tenho essa marca – essa marca de coleira. Sim, meu caro irmãozinho, nasci entre homens e foi entre homens que minha mãe morreu, nas jaulas do palácio do rei de Udaipur. Por esse motivo é que o salvei na reunião do Conselho, quando você não passava de uma criancinha nua. E porque também nasci entre homens! Vivi anos sem conhecer a selva. Era alimentado através de barras de ferro, e assim foi até o dia em que me senti plenamente Baguera, a Pantera, e não mais um brinquedo de ninguém. Quebrei os ferrolhos da jaula com um tapa. E justamente porque aprendi muito com os homens é que me tornei mais temível na selva do que o próprio Shere Khan. Não estou falando a verdade?

— Perfeitamente — respondeu Mogli. — Todos na floresta temem Baguera. Todos, exceto Mogli!

— Oh, você é um filhote de homem — respondeu Baguera com ternura —, e, assim como retornei para a selva, você retornará um dia para os homens, para seus irmãos, se sobreviver a um ataque no Conselho...

— Por quê? Por que alguém vai querer me atacar aqui? — perguntou o menino.

— Olhe para mim — respondeu Baguera.

E Mogli o olhou firme nos olhos, fazendo com que a pantera desviasse a cabeça em menos de meio minuto.

— Por isso mesmo — respondeu ele. — Nem eu, que nasci entre os homens e tenho amor por você, posso sustentar a força dos seus olhos, irmãozinho. Os animais não gostam de você porque não podem sustentar o seu olhar, porque você é inteligente, porque sabe a arte de arrancar espinhos das nossas patas, porque é homem.

— Eu não sabia dessas coisas — disse Mogli com tristeza, franzindo a testa com suas sobrancelhas grossas.

— O que manda a lei da selva? Primeiro, dar o bote; depois, cantar a vitória. Pelo seu desprezo a esse mandamento eles sabem que você é homem. Mas seja cuidadoso! Imagino que, no dia em que Akela errar pela primeira vez o bote (e é já com esforço que ele evita isso), a alcateia inteira se voltará contra ele e contra você. O Conselho se reunirá lá na Rocha e então...

Dizendo isso, Baguera se ergueu com um salto, agitado. E continuou:

— Vá depressa lá embaixo, na aldeia, e traga a flor vermelha que cresce em todas as casas. Assim, quando chegar o dia em que tiver necessidade de um amigo mais forte do que Baguera ou Balu, ou aqueles da alcateia que te amam, você terá a flor vermelha.

Para Baguera, a flor vermelha significava fogo, esse elemento de que as criaturas da selva têm um medo profundo, que nomeiam e descrevem de mil formas diferentes.

— A flor vermelha! — replicou Mogli, pensativo. — A flor vermelha que cresce nas cabanas durante a noite! Sim, trarei uma muda...

— Bravo! — exclamou a pantera. — Desse modo deve falar um filhote de homem. Não se esqueça de que essa flor cresce em pequenos fogareiros. Traga-a e conserve-a em um deles, para que permaneça viva até o momento necessário.

— Muito bem — disse Mogli. — Mas você tem certeza, meu querido Baguera — disse passando o braço em torno do lindo pescoço da pantera e olhando-o no fundo dos olhos —, de que Shere Khan está fazendo tudo isso?

— Pelo ferrolho quebrado que me libertou, tenho certeza, irmãozinho.

— Então, pelo touro que foi dado em troca da minha liberdade, acertarei as contas com Shere Khan e o farei pagar um pouco mais do que deve! — concluiu Mogli, e se afastou, decidido.

— É um homem, um homem em tudo! — murmurou Baguera, com prazer. — Shere Khan, que mau negócio você fez há dez anos, quando tentou caçar essa rãzinha!

Mogli correu pela selva com o coração ardendo. Alcançou a caverna dos lobos ao cair da noite e, tomando fôlego, lançou os olhos para o vale, lá embaixo. Os lobinhos não estavam ali. Mãe Loba, porém, no fundo da caverna, reconheceu logo, pelo modo de Mogli respirar, que algo perturbava o espírito da sua rã adotiva.

— O que foi, filho? — perguntou ela.

— Intrigas de Shere Khan — respondeu Mogli, acrescentando: — Vou caçar esta noite nos arredores da aldeia — declarou, e se afastou morro abaixo, rumo ao vale.

Em certo ponto parou, ao ouvir barulhos que indicavam que a alcateia andava caçando por ali. Ouviu o berro de um cervo sendo caçado e, depois, os gritos dos lobos jovens dizendo:

— Akela! Akela! Vamos deixar que o Lobo Solitário mostre a sua força. Vamos nos afastar! Deixem o chefe avançar sozinho. Vamos! Dê o bote, Akela!

E o Lobo Solitário, aparentemente, errou pela primeira vez o bote, porque Mogli ouviu um bater de dentes e o grito de um cervo que derrubava o seu rival a coices.

Mogli não esperou mais. Apertou o passo e seguiu no seu caminho rumo à aldeia, enquanto, ao longe, os uivos da alcateia iam ficando cada vez mais distantes.

— Baguera disse a verdade — murmurou o menino, ofegante, ao alcançar a primeira cabana. — O dia de amanhã vai ser decisivo para o Lobo Solitário e para mim.

Espiou por uma janela aberta e viu o fogo aceso no fogão. Esperou. Viu a dona da casa se levantar de um canto para ir atiçá-lo e pôr mais lenha. Quando a manhã veio e tudo lá fora foi envolvido por uma neblina branca e fria, viu o filho daquela mulher se levantar, encher uma vasilha de barro com brasas, colocá-la embaixo do seu cobertor e subir com ela em direção ao curral das vacas.

É só isso?, pensou Mogli. *Se até o filhote da mulher mexe com a flor vermelha, então não preciso ter medo*, e, saindo dali, foi esperar o menino mais adiante, onde pudesse arrancar-lhe das mãos a vasilha de brasas para fugir com ela.

Fez isso num piscar de olhos, deixando o rapazinho berrando de susto.

— Eles são como eu — murmurou Mogli, enquanto soprava as brasas, como tinha visto o menino fazer. — Essa "coisa" morrerá se eu não lhe der comida — completou, pondo sobre as brasas um punhado de gravetos. Na metade da subida, Baguera veio ao seu encontro, com o orvalho da manhã reluzindo como pedras-da-lua em sua pelagem.

— Akela errou o bote ontem — disse a pantera. — Eles o teriam matado naquela hora mesmo, mas também estavam atrás de você. Andaram à sua procura por toda a selva.

— Estive na aldeia dos homens. Agora estou pronto. Veja! — exclamou Mogli, mostrando a panela de brasas vivas.

— Ótimo! Muitas vezes vi os homens colocarem galhos secos em cima disso, fazendo com que a flor vermelha desabrochasse. Você não está com medo, Mogli?

— Não. Por que teria medo? Lembro-me agora, se não é sonho, que, antes de ser lobo, costumava me deitar ao lado da flor vermelha, pois seu calor era reconfortante.

Mogli passou todo o dia sentado em sua caverna, cuidando das brasas. Ele as alimentava com galhinhos secos, para ver as chamas crescerem, e, por fim, encontrou um galho maior que o deixou satisfeito. À tarde, Tabaqui apareceu para dizer, com arrogância, que o estavam esperando no Conselho da Rocha. Mogli riu tanto ao ouvir a notícia que Tabaqui se retirou desnorteado. E foi ainda rindo que se apresentou à reunião do Conselho.

Lá viu Akela, o Lobo Solitário, não mais sentado em cima mas ao lado da sua pedra – sinal de que a chefia do bando estava aberta aos pretendentes. Shere Khan passeava de um lado para o outro, seguido pelos lobos bajuladores. Baguera veio se sentar junto de Mogli, que tinha entre os joelhos a vasilha de fogo. Quando todos se reuniram, Shere Khan tomou a palavra, coisa que jamais ousaria fazer no tempo da chefia de Akela.

— Shere Khan não tem esse direito — cochichou Baguera para Mogli. — Você precisa dizer isso. Chame-o de filho de cão. Ele vai morrer de medo, você vai ver.

Mogli ficou de pé.

— Povo livre — gritou ele —, então é certo que Shere Khan vai chefiar a alcateia agora? O que um tigre tem a ver com a nossa vida?

— Vendo que a chefia do bando está aberta e sendo convidado a falar... — começou o tigre, mas foi interrompido.

— Convidado por quem? — gritou Mogli. — Somos por acaso chacais que vivem dos seus restos? A chefia do bando é uma questão que só diz respeito a nós.

Houve uivos de "Silêncio, filhote de homem! Deixe-o falar! Shere Khan segue a nossa lei". Por fim, os lobos mais velhos urraram:

— Que fale o Lobo Morto!

Quando um chefe de bando perde o bote pela primeira vez, passa a ser chamado de "Lobo Morto".

Akela ergueu a velha cabeça.

— Povo livre — disse ele —, e também vocês, chacais de Shere Khan! Por muitas estações conduzi vocês à caça e nunca nenhum de vocês caiu em armadilha, nem ficou aleijado. Agora confesso que perdi meu bote, mas vocês sabem da conspiração que foi feita. Sabem como tudo foi preparado para que eu perdesse meu bote. Foi muito bem-feito, reconheço. Agora vocês têm o direito de me substituir neste Conselho. Assim sendo, que venha o que vai pôr fim à vida do Lobo Solitário. Pela lei da selva, é meu direito lutar contra todos, um por um.

Houve um rosnar demorado, pois nenhum lobo se atrevia a lutar sozinho com Akela. Shere Khan, então, urrou:

— Bah! Para que dar atenção a esse pateta sem dentes? Ele está prestes a morrer. É o filhote de homem quem já viveu até demais. Povo livre, lembre-se de que no começo esse filhote era meu, minha presa. Entreguem-no agora. Estou cansado de aturar suas loucuras de homem-lobo. Ele vem perturbando a selva há dez estações. É um homem, um filhote de homem e, eu o odeio!

Então, metade do bando uivou:

— Um homem! Um homem! O que um homem tem a ver conosco? Que vá viver com os homens.

— Para que toda a aldeia de homens se volte contra nós, influenciada por ele? — exclamou Shere Khan. — Não! Entreguem-no. Ele é homem. Bem sabem que nenhum de nós pode sustentar o seu olhar.

Akela ergueu de novo a sua velha cabeça para dizer:

— Mogli comeu a nossa comida. Dormiu conosco na caverna. Caçou para nós. Jamais desobedeceu a uma regra sequer da nossa lei.

— Há ainda uma coisa — completou Baguera. — Paguei por ele o preço de um touro gordo, preço que foi aceito. O valor de um touro não é grande, mas a honra de Baguera vale alguma coisa — concluiu a Pantera Negra, com uma voz macia.

— Um touro! — rosnou um lobo, com desprezo. — Um touro pago há dez anos!

— Nenhum filhote de homem pode viver com as criaturas da selva — urrou Shere Khan. — Entreguem-no para mim!

— Ele é nosso irmão em tudo, exceto no sangue — gritou Akela. — E ainda assim não querem mantê-lo aqui! Na verdade, sinto que já vivi muito. Alguns de vocês são comedores de gado e outros, pelo que fiquei sabendo, seguem Shere Khan na calada da noite para roubar crianças na aldeia. Covardes! É com covardes que estou falando. Ofereço minha vida em troca da vida desse filhote de homem.

— Ele é um homem, um homem, um homem! — urrou a alcateia, da qual a maioria apoiava Shere Khan.

Ao ouvir isso, o tigre começou a sacudir a cauda.

— O negócio agora é com você — disse Baguera a Mogli. — Nada mais temos a fazer, senão lutar.

Mogli se levantou, com a panela de fogo nas mãos. Estendeu os braços, cheio de raiva e mágoa por ter sido lobo por tanto tempo e só agora perceber o quanto os lobos o odiavam.

— Ouçam! — gritou ele. — Chega de discussão de cachorro! Muito já me disseram esta noite para provar que sou homem (justo eu, que desejava ser lobo por toda a vida...). E como sou homem, não os chamarei mais de irmãos e sim, cães, como dizem os homens. O que vocês vão fazer ou não, não é assunto de vocês. É assunto meu. E eu, o homem, trouxe aquela flor vermelha que vocês, cachorros, temem tanto!

Dizendo isso, Mogli derramou as brasas no chão, ateando as chamas em um tufo de folhas secas. A flor vermelha se ergueu rapidamente, fazendo a alcateia recuar aterrorizada. Mogli encostou um galho seco no fogo, até ele se acender e estalar, e o girou acima da cabeça, enquanto os lobos se encolhiam de medo.

— Você é o senhor da situação — murmurou Baguera, em voz baixa. — Salve Akela. Ele sempre foi seu amigo.

Akela, o lobo que jamais pedira um favor na vida, lançou um olhar de dar pena ao menino da selva, ao rapazinho, de cabelos caídos sobre os ombros, cuja sombra, criada pelas chamas, dançava no chão.

— Bem — gritou Mogli, olhando ao redor —, já que vocês são cães, vou voltar para a minha gente. A selva ficará fechada para mim; esquecerei a língua e a companhia de vocês. Serei, porém, mais generoso do que vocês. Porque fui, durante dez anos, um irmão em tudo, menos no sangue, prometo que, quando me tornar um homem entre os homens, não trairei vocês, como me traíram aqui na selva.

E, com essas palavras, Mogli esparramou o fogo com o pé, fazendo subir ao céu algumas faíscas.

— Não haverá confrontos entre a minha gente e a alcateia, mas há uma dívida a ser paga antes que eu vá — gritou, dirigindo-se para Shere Khan, que olhava espantado para as chamas.

Mogli avançou até ele corajosamente, agarrou-o pelo tufo de pelos do queixo (Baguera o seguia de perto para o que desse e viesse) e disse:

— Levante-se, cão! Quando um homem fala, os cães se levantam!

Shere Khan abaixou as orelhas e fechou os olhos, com medo da tocha que Mogli carregava.

— Vá embora, gato fingido! Quanto aos demais, quero que Akela permaneça aqui e que viva como quiser. Ninguém o expulsará, ouviram?

Mogli moveu a tocha de um lado para o outro, fazendo os lobos sumirem aos uivos. Permaneceram apenas uns dez, que tinham ficado do seu lado, além de Akela e Baguera. Mas, nesse momento, uma coisa esquisita tomou o coração do menino da selva. Vieram-lhe soluços de desespero, e lágrimas rolaram pelos seus olhos.

— O que é isso? — exclamou, sem entender. — Não quero deixar a selva e não sei o que é isso que está acontecendo comigo. Estou morrendo, Baguera?

— Não, irmãozinho. Você está apenas chorando pela primeira vez, uma coisa que só os homens costumam fazer. Estou vendo que você já é um homem, não apenas um filhote de homem. A selva está mesmo fechada para você, de agora em diante. Deixe que a lágrimas caiam, Mogli. Chore, chore...

E Mogli sentou-se e chorou, com uma dor no coração. Ele, que jamais havia chorado em toda a sua vida.

— Sim, irei para o meio dos homens, agora. Mas, antes, tenho que dizer adeus à minha mãe — murmurou, dirigindo-se para a caverna onde a Mãe Loba morava com o Pai Lobo. Lá, chorou novamente, abraçado ao corpo peludo daquela que o criara, enquanto quatro lobinhos novos uivavam de tristeza ao seu lado.

— Não me esquecerão nunca? — soluçou Mogli.

— Nunca, enquanto pudermos seguir um rastro — responderam os lobinhos. — Venha até a base da montanha, sempre que puder. Estaremos lá para brincar com você.

— Volte logo — disse Pai Lobo. — Ó, Rãzinha esperta, não demore para voltar; que nós já estaremos velhos, sua mãe e eu.

— Volte logo — repetiu Mãe Loba, olhando com carinho para Mogli. — E jamais se esqueça de que eu o amei ainda mais do que aos meus próprios lobinhos.

— Virei, sim — respondeu Mogli —, e um dia aparecerei de novo no Conselho. Não se esqueça de mim, mãe. Diga a todos na selva para jamais se esquecerem de mim...

A manhã ia rompendo quando Mogli deixou a montanha, sozinho, rumo à aldeia, onde moravam as misteriosas criaturas chamadas homens.

AS CAÇADAS DE KAA

O que será contado aqui aconteceu algum tempo antes da ida de Mogli para a aldeia dos homens, bem antes da vingança que o menino-lobo jurou contra Shere Khan. Foi quando Balu andava ensinando ao filhote de homem a lei da selva. Esse urso-pardo grande e sério estava encantado com a inteligência do seu aluno, porque os outros, os lobinhos, só aprendiam da lei a parte que dizia respeito à vida das alcateias.

Abandonavam o mestre logo que podiam repetir os versos do caçador: "Pés que não fazem barulho, ouvidos que apanham a voz dos ventos ainda nas cavernas, olhos que enxergam no escuro e dentes bem afiados e brancos são a marca dos nossos irmãos, de todos os nossos irmãos, exceto Tabaqui, o Chacal, e a Hiena, de quem não gostamos."

Mogli, porém, como filhote de homem que era, tinha que aprender muito mais. Às vezes, Baguera vinha de mansinho por entre os arbustos para ver como o seu favorito estava indo com as lições e ficava com a cabeça recostada em um tronco ouvindo-o repeti-las para Balu. O menino da selva já subia em árvores tão bem como nadava nas lagoas e nadava tão bem quanto corria pela floresta. Por isso, Balu estava lhe ensinando a lei das águas e a lei das árvores: como diferenciar um galho apodrecido de um galho sadio; como falar de forma educada para uma colmeia quinze metros acima do chão; o que dizer a Mang, o Morcego, ao incomodá-lo em seu galho, em plena luz do sol; como avisar as serpentes aquáticas quando se vai dar um mergulho na lagoa. Nenhuma das criaturas da selva gosta de ser perturbada nem de ter que fugir devido ao inesperado aparecimento de um intruso.

Esses exemplos mostram quantas coisas Mogli tinha que aprender de cor – e ele ficava cansado de repeti-las centenas de vezes.

— Um dia você ainda vai me agradecer por isso. — disse Balu.

Mogli observou Baguera e contou como aprendera as palavras-mestras com Hathi, o Elefante Selvagem, que as conhecia melhor do que ninguém. Contou ainda como Hathi havia levado Mogli a uma lagoa, para que aprendesse as palavras-mestras das serpentes da própria boca das cobras-d'água, já que ele, Balu, não conseguia pronunciá-las muito bem. Assim, Mogli agora estava a salvo de todos os acidentes que podiam acontecer na selva, porque nem as cobras, nem as aves, nem os animais de pelo poderiam fazer mal a ele.

— Não precisa ter medo de ninguém — concluiu Balu, acariciando com orgulho a própria barriga gigante e peluda.

— Exceto da tribo dos lobos — murmurou Baguera.

Mogli montou em cima de Baguera para que desse atenção ao que ia dizer e berrou:

— Nesse caso, terei minha própria tribo, que guiarei o dia inteiro pela selva.

— Que loucura nova é essa, pequeno sonhador? — indagou Baguera.

— E eu e minha tribo vamos, do alto das árvores, jogar ramos e nozes nesse urso velho — continuou Mogli. — Eles me prometeram isso. Ahh!

Plaf! A grossa pata de Balu agarrou o menino de cima do dorso da pantera num relâmpago. Seguro entre seus braços peludos, Mogli percebeu que o urso estava bravo.

— Mogli, você esteve conversando com os *bandar-log*, o povo macaco? — perguntou Balu.

O menino olhou para Baguera para ver se ele também estava bravo. Os olhos que encontrou tinham a dureza da pedra de jade.

— Você esteve com os macacos? Com os macacos cinzentos, o povo sem lei? Que vergonha!

— Quando fiquei entediado — respondeu Mogli, ainda na mesma posição — saí pela floresta e fui para muito longe. Os macacos cinzentos desceram das árvores e ficaram com dó de mim.

— O piedoso povo macaco! — exclamou Balu, com ironia. — Isso vale o mesmo que falar do silêncio da cachoeira ou do frescor do fogo... E depois, filhote de homem?

— Depois... me deram castanhas e mais coisas gostosas e... me carregaram nos braços até o topo das árvores, onde disseram que são meus irmãos em tudo, menos na cauda, que eles têm e eu não. E disseram ainda que eu seria um grande líder para os macacos.

— Os macacos não têm líder — rosnou Baguera. — Mentiram. Mentem sempre.

— Eles foram muito bondosos comigo — prosseguiu Mogli. — Chegaram a pedir que eu voltasse. Por que vocês nunca me levaram até eles? Eles sabem andar sobre os dois pés, como eu. Brincam o dia todo. Quero visitar os macacos outra vez...

— Escuta, filhote de homem — urrou o urso, com voz de trovão. — Ensinei-lhe a lei da selva no que diz respeito a todos os animais, menos aos macacos, que moram nas árvores. Eles não têm lei. Não têm linguagem. Usam nossas palavras aqui e ali, pois vivem espiando e escutando de cima dos galhos o que nós dizemos aqui embaixo. Seus costumes não são os nossos. Não têm liderança. Também não guardam memória de nada. Ficam se gabando e tagarelando sem parar, achando que são um grande povo prestes a fazer grandes coisas na selva. Mas, assim que uma noz cai da árvore, começam a rir e se esquecem de tudo. Nós, da selva, não temos nada a ver com esse povo. Não bebemos onde eles bebem; não andamos por onde eles andam; não caçamos onde eles caçam. Você já tinha me ouvido falar neles algum dia?

— Nunca — respondeu Mogli, num murmúrio que soou nítido em meio ao silêncio que o trovejar de Balu deixara na selva.

— O povo da selva os expulsou da boca e do pensamento. Nunca nos importamos com eles nem mesmo quando jogam nozes nas nossas cabeças.

Mal Balu acabara de pronunciar essas palavras, uma chuva de nozes e galhos secos caiu sobre eles, vinda de cima das árvores mais próximas, e eles ouviram barulhos de saltos, uivos e tossidas.

— O povo macaco não existe para o povo da selva. Lembre-se disso, Mogli.

— Não existe — confirmou Baguera. — Mas achei que Balu já houvesse avisado Mogli dessas coisas.

— Eu? Eu? Como poderia adivinhar que ele ia se meter com essas criaturas sujas? Macacos! Argh!

A chuva de nozes e galhos continuou, fazendo com que o urso e a pantera fossem embora dali e levassem Mogli com eles. O que Balu dissera dos macacos era verdade. Vivem no alto das árvores e, como os animais da floresta raramente olham para cima, nunca se encontram. Mas, quando os macacos encontram um lobo, um tigre ou um urso ferido, começam logo a atormentá-lo, do mesmo jeito que se divertem em atirar nozes e galhos secos contra todos os animais que passam por perto deles – por brincadeira, e para serem notados. Estão sempre prestes a ter um líder, leis e costumes, mas nunca chega a hora, porque a memória deles, muito fraca, jamais guarda uma informação de um dia para o outro. Por isso, se justificam com um dito que criaram: "O que os *bandar-log* pensam hoje, toda a selva pensará um dia", ideia que muito os consola. Nenhum animal consegue apanhá-los; também nenhum lhes dá a mínima atenção. Por isso ficaram tão felizes quando Mogli foi procurá-los e tão furiosos ao ouvirem a bronca de Balu.

Eles nunca querem fazer coisa alguma. Os *bandar-log* não fazem nada. Mas um deles teve o que considerou ser uma grande ideia e disse aos outros que Mogli poderia ser útil ao bando, já que sabia tecer esteiras de vime, boas para a proteção contra os ventos. Assim, se pudessem apanhá-lo, poderiam aprender essa arte com ele. Como filho de lenhadores, Mogli herdara várias habilidades e tecia esteiras sem nunca parar para pensar como conseguia fazer essas coisas. Os *bandar-log*, sempre à espreita no alto das árvores, tinham observado o trabalho de Mogli e achado tudo maravilhoso. Dessa vez, eles diziam, eles teriam um líder e seriam o povo mais esperto da selva – tão esperto que todo mundo ia ficar com inveja. Enquanto seguiam Balu e Baguera do alto das árvores, com um plano secreto, chegou a hora do descanso, e Mogli, envergonhado com o que havia feito, tirou um cochilo entre as patas da pantera e do urso, resolvido a nunca mais se meter com o povo macaco.

De repente, o menino acordou com pequenas mãos ásperas agarrando seus braços, sendo levado pelos macacos. Balu, também acordado, assustou a selva com o seu urro profundo, e Baguera, de dentes arreganhados, se projetou num salto sobre o tronco da árvore mais próxima. Os *bandar-log* berraram de felicidade enquanto sumiam galhos acima, fora do alcance da pantera.

— Eles nos viram! — gritavam em contentamento. — Baguera nos viu! Todo o povo da selva nos admira pela nossa habilidade e inteligência!

Depois, começaram a lutar entre si nos galhos, coisa que ninguém consegue descrever. Eles têm seus próprios caminhos por cima das árvores, podendo caminhar por eles até de noite e assim atravessar montanhas e vales. Dois dos mais fortes, com Mogli nos braços, passavam de árvore em árvore, dando pulos de cinco a seis metros. Se não estivessem carregando nenhum peso, poderiam saltar até o dobro. Assustado como estava, Mogli nem conseguiu se divertir com aquela corrida selvagem de pulos. Além disso, a visão do chão firme e distante o aterrorizava, como também o assustava, ao fim de cada pulo, ver-se sustentado apenas por um galho que cedia ao peso dos raptores.

25

A escolta que o conduzia era muito hábil em levá-lo para cada vez mais alto das árvores; nesses momentos, rápidos como o relâmpago, os macacos se atiravam numa direção ou outra, para se agarrarem aos galhos mais grossos das árvores próximas. Por vezes, Mogli conseguia ver de relance o verde da floresta num raio de muitos quilômetros, como o marujo do alto do mastro vê quilômetros e quilômetros de mar em torno do seu navio. Tais visões eram rápidas; os raptores logo o puxavam e o afundavam no fundo escuro das copas, cuja ramagem batia no seu rosto, de raspão. Desse modo – saltando e escorregando, chiando e berrando – a tribo inteira dos *bandar-log* seguia pela estrada verde, com o precioso prisioneiro nas mãos.

Por vezes, Mogli teve medo de cair ou ser largado por aquelas mãos; e então foi tomado pela raiva. Vendo, porém, que era inútil lutar, começou a refletir. A primeira coisa que precisava fazer era se comunicar com Balu e Baguera, porque, na velocidade com que os macacos o conduziam, aqueles amigos estavam se distanciando cada vez mais.

Olhar para baixo era inútil: só enxergava galhos e mais galhos. Olhar para cima, sim, talvez assim pudesse se salvar. Acertou. Assim que ergueu os olhos para o céu, viu, muito alto, um ponto que se movia no azul. Era Chil, o gavião, fazendo círculos no ar para encontrar presas na floresta. Chil percebeu que os macacos estavam levando algo em suas mãos e logo desceu umas centenas de metros lá do céu, para ver se a carga era algo de que ele podia desfrutar. Soltou um pio de surpresa quando viu Mogli sendo lançado de uma árvore para outra, e ouviu as palavras-mestras dos gaviões, gritada em tom agudo pelo menino-lobo: "Somos do mesmo sangue, eu e você!".

As copas verdes das árvores se fecharam num instante, tirando o menino das vistas de Chil, que, cheio de curiosidade, voou para uma árvore próxima, onde avistou Mogli mais uma vez.

— Marque a direção para onde me levam e avise Baguera e Balu — gritou o menino, ao passar por aquela árvore.

— Em nome de quem? — indagou Chil, que só conhecia Mogli de nome e feitos.

— Em nome de Mogli, a Rã, ou do filhote de homem, como muitos me chamam. Marque a direção!

Essas últimas palavras mal foram ouvidas, por coincidirem com um novo mergulho nas árvores, mas Chil fez que sim e se ergueu no céu até virar, de novo, um ponto quase imperceptível. Lá de cima, firmou o telescópio dos olhos sobre o mar de árvores, para observar, pelo movimento das folhas e dos galhos, a trilha que os macacos seguiam.

— Eles nunca se afastam para muito longe — murmurou Chil. — Nunca fazem o que combinam ou pretendem fazer. Distraem-se pelo caminho. Se não me engano, devem estar agora mesmo brigando por qualquer coisa sem importância.

E Chil continuou observando e flutuando, com os pés encolhidos, equilibrando-se com lentos impulsos de asas.

Longe dali, Balu e Baguera ardiam de raiva. A pantera trepou tão alto em uma árvore que perdeu o equilíbrio e veio ao chão, com as garras cheias de fragmentos de casca.

— Por que você não ensinou tudo ao filhote de homem? — gritou ele, furioso, para o pobre Balu, que marchava rapidamente, na esperança de alcançar os raptores. — De que adiantou brigar tanto com Mogli, se não lhe deu todas as lições necessárias?

— Depressa, mais depressa — respondeu Balu, ofegante. — Nós... nós ainda podemos alcançá-los.

— Nesse ritmo? Nesse ritmo não alcançaríamos sequer uma vaca ferida. Mestre da lei da selva, um quilômetro a mais o deixará exausto. Pare e descanse. Precisamos de um plano. Eles são capazes de soltá-lo do alto das árvores se os seguirmos muito de perto.

— Ai de mim! Talvez já tenham feito isso, por estarem cansados de carregá-lo. Quem pode confiar nos *bandar-log*? Pobre, Mogli! Mogli! Por que não te avisei sobre o povo macaco em vez de brigar com você por coisas insignificantes?

Balu se castigava com tapas na cara e rolava no chão, uivando de dor.

— Ele sabe todas as palavras que você ensinou; pelo menos as repetiu para mim agora há pouco — disse Baguera, com impaciência. — Balu, que modos são esses? Mais respeito por si próprio! O que a selva pensaria se eu, Baguera, rolasse no chão como Ikki, o Porco-espinho, e uivasse, como você está fazendo?

— Que me importa o que a selva pensa? Mogli, o meu Mogli, pode estar ferido ou morto agora mesmo...

— A não ser que o derrubem do alto das árvores ou o ataquem por diversão, nada temo pelo filhote de homem. Mogli é esperto e foi bem instruído, além de possuir olhos de dar inveja a todas as criaturas. Mas, é esse o grande perigo, está em poder dos *bandar-log*, e, como eles vivem nas árvores, nenhum outro animal da selva os intimida.

Baguera começou a lamber uma das patas, pensativamente.

— Tonto que fui! — exclamou Balu, erguendo-se do chão. — Tonto peludo! Tonto dos tontos! É verdade o que Hathi, o Elefante Selvagem, costuma dizer: "Cada um tem o seu medo". Os *bandar-log* têm medo de Kaa, a Serpente. Kaa sabe subir até o alto onde eles sobem e costuma furtar seus filhotes durante a noite. Só de ouvir o nome de Kaa eles ficam gelados de terror. Vamos procurar Kaa.

— O que ele poderá fazer por nós? Não pertence à nossa raça, pois não tem pés, e possui aqueles olhos tão maus — disse Baguera.

— Kaa tem a habilidade e a experiência das criaturas muito velhas. Além disso, vive sempre com fome — respondeu Balu, animado de esperanças. — Vamos prometer muitos cabritos a ele.

— Kaa dorme por quatro semanas cada vez que se alimenta. Pode estar dormindo agora e, ainda que não esteja, sabe caçar por si mesmo quantos cabritos quiser.

Baguera não conhecia muita coisa a respeito de Kaa e estava desconfiado.

— Nesse caso, você e eu, velhos caçadores que somos, vamos forçá-lo a agir — arriscou Balu, seguindo com a pantera em direção à moradia de Kaa, a Serpente da Rocha.

Encontraram-no estirado ao sol, admirando a sua roupa nova, pois havia terminado o período de isolamento em que muda de pele. Estava maravilhoso. Por seis metros, o seu corpo desenhava no chão nós e curvas fantásticas, enquanto a língua, muito viva, lambia os lábios do focinho chato, como se estivesse pensando no próximo jantar.

— Não comeu ainda — observou Balu, num suspiro de alívio. — Cuidado, Baguera! Kaa fica um pouco cego sempre que muda de pele, e compensa isso com a rapidez dos botes.

Kaa não era uma serpente venenosa, chegando mesmo a desprezar, considerando covardes, as que eram. Sua força estava nos músculos. Quando agarrava alguma presa, tornava inútil qualquer resistência.

— Boas caçadas! — saudou Balu, sentando-se na frente dele.

Como todas as cobras, Kaa era quase surdo. Por isso, ao ouvir a saudação de Balu, enrolou-se todo na posição para o bote de defesa, sinal de que não ouvira muito bem. Logo depois, compreendendo o que era, respondeu:

— Boa caçada para todos nós. Balu, o que traz de novidade? Boa caçada, Baguera! Um de nós, pelo menos, está com fome. Sabem de alguma presa ao nosso alcance? Algum veado ou, pelo menos, algum cabrito? Estou vazio feito um poço seco.

— Estamos caçando — disse Balu, com a voz amável e sem pressa, pois sabia que não se deve despertar os animais grandes.

— Permitam que eu vá com vocês — disse Kaa. — Um tapa a mais de Baguera ou Balu não custa nada, enquanto eu tenho de esperar às vezes dias num atalho da selva e trepar em muitas árvores só para pegar um macaco. Desagradável, isso. Os galhos não são mais o que eram. Secos e podres, todos eles...

— Talvez seu grande peso de agora explique essa diferença — sugeriu Balu.

— Estou com um belo comprimento, não há dúvida — disse Kaa, com certo orgulho. — Mas a culpa é dos galhos de hoje em dia, muito fracos. Em minha última caçada quase caí, e o ruído da escorregadela despertou os *bandar-log*, que me chamaram dos piores nomes possíveis.

— Sem pés... minhoca amarela... — murmurou Baguera, como se estivesse tentando se lembrar de alguma coisa.

— Ssss! — chiou Kaa. — Disseram isso de mim?

— E coisas ainda piores disseram a quem quisesse ouvir, na lua passada. Mas ninguém dá atenção. Eles não param de falar sobre você. Chegaram a inventar que você é uma serpente desdentada, incapaz de atacar uma presa maior do que um cabrito novo, e sabe por quê? São uns atrevidos, esses macacos! Dizem que você tem muito medo do chifre dos bodes — concluiu a pantera, com jeito.

Uma serpente, ainda mais uma serpente de mais idade, como Kaa, raramente demonstra que está com raiva. Balu e Baguera, porém, puderam perceber como os grandes músculos da garganta de Kaa se contraíram e incharam.

— Os *bandar-log* se mudaram para cá — disse com disfarçada indiferença a cobra. — Quando vim hoje me espichar ao sol, ouvi a gritaria deles nas árvores.

— São... são esses os macacos que estamos seguindo — disse Balu com repugnância, porque era a primeira vez que uma criatura da selva confessava interesse por macacos.

Percebendo isso, Kaa disse:

— Alguma coisa eles fizeram, para terem na cola deles dois caçadores desse porte, caçadores-mestres! Então vocês estão atrás dos macacos, valentes caçadores?

— Eu não sou nada — respondeu Balu, com modéstia — além de um velho e às vezes professor da lei da selva, e aqui o amigo Baguera...

— Baguera é Baguera! — interveio a pantera, batendo firme os dentes, já que não entendia de humildades. — O caso é o seguinte, Kaa. Os comedores de nozes raptaram o nosso filhote de homem, que talvez você já conheça de fama.

— Ouvi de Ikki alguma coisa sobre um filhote de homem sendo criado por certo bando de lobos de Seoni. Mas não acreditei. Ikki vive cheio de histórias mal-ouvidas e pior contadas.

— Essa é verdadeira. Ele é um filhote de homem como jamais existiu igual — disse Balu. — O mais inteligente e corajoso de todos os filhotes de homem, meu aluno que fará o nome do velho Balu famoso em toda a selva. Além disso, eu... nós o amamos, Kaa.

— Tss! Tss! — silvou a serpente, movendo a cabeça chata da esquerda para a direita. —Também sei o que é o amor. Ouvi histórias que...

— Vamos deixar as histórias para uma noite de lua, em que estivermos de papo cheio e com boa disposição — interrompeu Baguera, rapidamente. — Nosso filhote está nas mãos dos macacos que, de todas as criaturas da selva, só temem a você, Kaa.

— Só temem a mim — confirmou Kaa — e com razão. Barulhentos, doidos, mesquinhos! Mesquinhos, doidos e barulhentos: assim são os macacos. Um filhote de homem no meio deles não é coisa boa. Muito perigoso. Eles se cansam das nozes que colhem e as jogam por terra. Carregam um ramo o dia inteiro, como se fosse algo muito importante, e de repente o picam em mil pedaços. Não é nada invejável a sorte desse filhote de homem. Eles me chamaram de minhoca amarela, não é?

— Sim, minhoca amarela — confirmou Baguera. — E outras coisas que não posso dizer, por vergonha.

— Precisamos ensinar esses macacos a terem mais respeito. Ora! Precisamos dar uma lição neles. E para onde levaram o filhote?

— Só a selva sabe. Para a direção do pôr do sol, creio — informou Balu. — Achamos que você pudesse saber, Kaa.

— Eu? Como? Eu os apanho quando estão no meu caminho, mas jamais os procuro.

— Upa, upa, upa! Eia, eia, eia! Olha para cá, Balu, da alcateia de Seoni!

Balu olhou para cima, para ver de onde vinha essa voz, e lá estava Chil, o gavião, descendo do alto, com o sol brilhando nas suas asas. Já era quase a hora de Chil ir dormir, mas ele tinha percorrido toda a selva à procura do urso, que estava debaixo das enormes folhas das árvores.

— O que foi? — perguntou Balu.

— Vi Mogli com os *bandar-log*. Ele me pediu para avisar vocês. Os macacos o levaram para além do rio, para a Cidade Perdida. Ficarão lá por um dia, por dez dias ou por uma hora. Pedi a Mang, o Morcego, que os espiasse à noite. É o que tenho a dizer. Boa caçada para todos vocês aí embaixo!

— Papo cheio e bom sono para você, Chil! — gritou Baguera. — Vou me lembrar dessa ajuda na minha próxima caçada e deixarei de lado a cabeça da presa para você, amigo!

— Não seja por isso. O filhote de homem gritou a palavra certa para mim, e eu não podia deixar de fazer o que fiz — explicou Chil, desaparecendo rumo ao seu pouso.

— Mogli não esqueceu as minhas lições! — exclamou Balu, com orgulho. — Olha isso! Ele é só uma criança e conseguiu se lembrar das palavras-mestras das aves num momento difícil!

— Também estou muito orgulhoso dele — concordou Baguera. — E agora, vamos para a Cidade Perdida.

Os três sabiam onde ela ficava, embora poucos habitantes da selva a frequentassem, porque o que eles chamavam de Cidade Perdida eram as ruínas de uma cidade deserta, escondida na floresta, e os animais fogem dos lugares onde o homem já morou. Apenas porcos-do-mato e macacos são vistos em lugares assim. Os outros, só em tempo de seca. Nessa cidade em ruína sempre se acumula água nos reservatórios quase destruídos.

— Fica a seis horas daqui — informou Baguera. — Seis horas na velocidade máxima — especificou.

Balu, muito sério, disse que o acompanharia o mais rápido que pudesse.

— Não podemos esperar por você, Balu. Eu e Kaa iremos na frente, você nos segue.

— Mesmo sem pés, acompanho o ritmo de qualquer quadrúpede — disse Kaa, diretamente.

Balu se esforçou muito para acompanhá-los, mas, como tinha que parar várias vezes para recuperar o fôlego, acabou ficando para trás. Baguera ia na frente, ligeiro como todas as panteras, e Kaa, sem dizer nada, fazia o máximo que podia, seguindo-o de perto. Ao chegarem a um rio, Baguera saltou e deixou Kaa para trás, cruzando a nado. Em terra firme, porém, a cobra de novo alcançou a pantera.

— Pelo ferrolho que eu quebrei! — exclamou Baguera quando o viu na sua cola. — Você é mesmo ligeiro, Kaa!

— Estou com fome! — explicou a serpente. — Além do mais, eles me chamaram de rã amarela.

— Pior. Minhoca amarela. Verme amarelo...

— Dá na mesma. Vamos! — exclamou Kaa, avançando ainda mais pelo chão, em busca, com seus olhos firmes, dos caminhos mais curtos.

Na Cidade Perdida, o povo macaco seguia despreocupado, sem nem pensar nos amigos de Mogli. Haviam metido o rapazinho dentro da cidade, que mostravam com grande orgulho. Mogli nunca tinha visto uma cidade indiana antes e, ainda que não passasse de um amontoado de ruínas, ficou maravilhado. Algum rei havia construído aquela cidade há muito tempo em cima de uma colina. Lá estava a rua de pedra que levava até as portas exteriores, portões arruinados onde pedaços de madeira ainda estavam presos à dobradiças enferrujadas. Árvores haviam crescido dentro e fora dos muros das casas, que eram apenas montes de pedras soltas. Tufos de plantas trepadeiras escorriam das janelas das torres, como se estivessem à procura do solo.

Um grande palácio sem teto coroava a colina; suas fontes e pátios eram apenas uma sombra do que já haviam sido, e o mármore de que eram feitos tinha manchas verdes e vermelhas de musgos invasores. Os grandes pilares da estrebaria dos elefantes se desequilibravam com os blocos deslocados pelas raízes das figueiras-bravas. Desse palácio, o observador podia ver filas e filas de casas sem teto, que tinham em conjunto, vistas do alto, a aparência de favos, vazios de mel e cheios de escuridão. As esquinas esburacadas onde existiram chafarizes; as coberturas quase destruídas dos templos, de onde irrompiam a copa das figueiras: tudo aquilo assustava Mogli. Os macacos chamavam aquela cidade de "sua", e desprezavam os demais habitantes da selva que não a conheciam. Mesmo assim, ignoravam para que tinham sido feitas aquelas construções. Sentavam-se em círculo no pátio do palácio, onde o rei costumava reunir o Conselho de Estado para catar pulgas, como se essa fosse a função dos conselheiros de Estado. Ou então lutavam em grande confusão, para, logo em seguida, irem brincar nos balcões do rei. Lá sacudiam roseiras e árvores de frutas para verem elas caindo no chão. O tempo era todo desperdiçado assim, em micagens e agitação sem sentido, certos de que estavam fazendo o que os homens fazem.

Quando bebiam nos tanques, deixavam a água lodosa de tanto agitá-la. Depois, começavam a brigar e, de repente, corriam em bando para gritar bem alto:

— Não há na selva povo mais sábio, mais hábil, mais forte e mais gracioso do que os *bandar-log.*

E assim faziam o tempo todo, até que se cansavam de brincar de cidade e voltavam às árvores, ansiosos para serem vistos e admirados pelos outros animais.

Mogli, que fora ensinado na lei da selva, nada sabia daquela estranha vida na cidade. Os macacos o levaram para a Cidade Perdida quando já era de noitinha e, em vez de irem dormir, como Mogli teria feito depois de uma longa viagem, puseram-se, de mãos dadas, a dançar e a cantar as mais doidas cantigas. Um deles fez um discurso para insinuar aos demais que a captura de Mogli marcava uma nova era na história dos *bandar-log*, pois Mogli iria ensinar a eles a fazer as esteiras de vime[2], que protegem contra os ventos. Mogli, de fato, começou a tecer na frente deles e todos começaram a imitá-lo. Em poucos minutos, porém, se cansaram daquilo, largaram as varas de vime e começaram a puxar as caudas uns dos outros, saltando e berrando.

— Quero comer! — disse Mogli. — Não conheço essa parte da selva, não sei seus costumes. Então, me tragam comida ou me deixem caçar.

Vinte ou trinta macacos saíram aos pulos em busca de nozes e mamões. Mas brigaram pelo caminho e destruíram todas as frutas que haviam colhido. Cada vez mais esfomeado e irritado, Mogli caminhou sem rumo pelas ruínas, soltando, por muitas vezes, o grito do caçador forasteiro. Mas era inútil. Ninguém respondia, e Mogli percebeu que estava em um lugar muito ruim.

Tudo o que Balu falou sobre os bandar-log *é verdade*, pensou consigo. *Não têm lei, nem grito de caça, nem liderança, nada, a não ser palavras loucas e micagens tolas. Se alguém me atacar ou eu morrer de fome, será muito bem-feito; terá sido tudo culpa minha. Tenho que me esforçar para voltar para a minha floresta. Balu vai brigar comigo, mas será melhor do que ficar aqui, desfolhando roseiras com esses seres estúpidos.*

Mogli tentou sair da cidade em ruínas, mas os macacos o obrigaram a voltar, dizendo que ele não sabia o quanto era feliz ali. O menino cerrou os dentes e acompanhou calado o bando, até o terraço junto aos reservatórios de

---

2 Vime: é uma haste ou vara flexível de vimeiro que, após ser descascada e seca, pode ser utilizada para fabricações de cestas, móveis etc.

água. No centro desse terraço, via-se uma casa de verão, construída em mármore branco pela rainha de cem anos atrás. As paredes ainda estavam de pé; paredes de mármore rajado, com delicadas aplicações de pedra ágata, turmalina, jaspe e lápis-lazúli, que emitiam brilhos multicolores sempre que tocadas pelo luar. Dolorido, sonolento e faminto, Mogli não pôde deixar de rir quando vinte macacos, todos ao mesmo tempo, começaram a falar a loucura que seria deixar a companhia de um povo tão sábio, tão forte e tão belo como eles.

— Somos grandes. Somos livres. Somos admiráveis. Somos o povo mais notável da selva. Todos nós pensamos assim, logo é verdade — gritavam em coro. — E como você é novato aqui, vai contar isso aos demais povos da floresta, para que, no futuro, possam nos conhecer. Vamos contar para você tudo a nosso respeito.

Mogli nada respondeu, e os macacos se reuniram no terraço, para ouvir os oradores que iam cantar hinos sobre o povo *bandar-log*. Cada vez que um se engasgava no meio do discurso, por falta de fôlego, o bando guinchava em grupo: "Tudo o que ele diz é verdade. Nós somos assim". Mogli balançava a cabeça e piscava, sempre concordando, quando lhe perguntavam qualquer coisa. No fundo, refletia:

Tabaqui deve ter mordido todos eles, para ficarem tão doidos. É evidente que os macacos sofrem de loucura. Será que não dormem nunca? Uma nuvem flutua em direção à lua. Se escurecer, aproveitarei a ocasião para fugir. Estou tão cansado...

Aquela nuvem também estava atraindo a atenção de dois amigos de Mogli, ocultos nos fossos que rodeavam a Cidade Perdida. Baguera e Kaa, sabendo como os macacos são perigosos quando estão em bando, mantinham-se em guarda para não estragarem o plano. Os macacos jamais lutam, a não ser que a proporção seja de cem para um, e que animal na selva pode encarar uma proporção dessas?

— Vou seguir pelo lado norte — sussurrou Kaa. — Lá me aproveitarei da inclinação da área, e não creio que os macacos vão conseguir se lançar às centenas sobre mim.

— Eu sei — disse Baguera —, mas é uma pena que Balu não esteja aqui. Vamos ter que agir sem ele. Quando a nuvem tapar a lua, entrarei no terraço. Parece que lá estão reunidos em conselho, em volta do filhote de homem.

— Boa caçada! — murmurou Kaa, um tanto sarcástico, e deslizou rumo ao norte.

Os muros da cidade naquele ponto estavam menos arruinados do que em outros, de modo que a serpente demorou para abrir caminho por entre as pedras. Enquanto isso, a nuvem ocultara totalmente a lua. De repente, Mogli, surpreso, viu Baguera entrando no terraço. Chegara de mansinho, para, então, como um raio, se atirar contra o bando. Logo, porém, um dos macacos gritou:

— É um inimigo só. Mata! Mata!

E o bando inteiro avançou contra Baguera, mordendo e arranhando, enquanto cinco ou seis macacos agarravam Mogli e o arrastavam para cima da casa de verão, onde o jogaram pelo buraco da cúpula. Qualquer outro, teria ficado gravemente ferido na queda; entretanto, Mogli lembrou-se das lições de Balu e não se machucou.

— Fique aí — gritaram os macacos para ele — até darmos uma lição nos seus amigos; depois você voltará a brincar conosco, se o povo venenoso deixar...

Referiam-se às cobras que habitavam aquelas ruínas.

— Somos do mesmo sangue, eu e vocês! — gritou Mogli ao ouvir isso, dando, assim, a senha das serpentes. Como resposta, ouviu um assobio ecoar por perto.

— Mesmo assim, não se mova, irmãozinho, porque seus pés podem nos machucar — sussurraram meia dúzia de cobras que moravam ali.

Mogli permaneceu o mais quieto que pôde, espiando através das ruínas e ouvindo lá em cima o terrível barulho da luta. Entre urros de raiva e dor, e, em meio a toda essa algazarra, o rosnar feroz da pantera, que, pela primeira vez, estava lutando em defesa da própria vida.

Balu deve estar perto; Baguera não teria vindo sozinho, pensou Mogli.

Depois, tendo uma ideia que ajudaria muito seu amigo, berrou:

— Para os tanques, Baguera! Se joga na água! Mergulhe!

Baguera o ouviu e ganhou coragem. Enquanto recuava, tentava se aproximar, centímetro a centímetro, dos reservatórios. De repente, ressoou perto dele o grito de guerra de Balu. O velho urso acabava de chegar.

— Baguera — exclamou Balu. — Estou aqui! Vou subir. Ui! As pedras estão muito lisas para meus pés, mas os detestáveis *bandar-log* não perdem por esperar.

Balu finalmente alcançou o terraço, onde foi envolvido por uma nuvem de macacos. Mesmo assim, conseguiu tomar posição de defesa e, atracando-se com vários deles, começou a se defender. O ruído de um corpo que caía na água indicou a Mogli que Baguera estava em segurança nos tanques, onde os macacos não o perseguiriam. De fato, lá ficou mergulhado, só com a cabeça de fora, enquanto os macacos, apinhados nas margens, urravam de fúria, prontos para pular sobre ele, caso saísse da água para ajudar Balu. Baguera, então, ergueu no ar o focinho molhado e soltou, com desespero, o grito de senha das serpentes: "Somos do mesmo sangue, eu e vocês!". Fez isso imaginando que Kaa houvesse abandonado o campo de batalha no último momento. O próprio Balu, sem conseguir respirar no meio do enxame de macacos, não deixou de sorrir ao ouvir aquele chamado.

Kaa tinha acabado de passar por entre as fendas dos muros e se estendia todo, da cabeça à ponta da cauda, para verificar se seus músculos estavam em ordem. Enquanto o ataque a Balu prosseguia e a macacada nas margens dos tanques guinchava de ódio, Mang, o Morcego, ergueu-se num voo tonto para anunciar pela selva o que acontecia. Em pouco tempo, Hathi, o Elefante Selvagem, trombeteou o seu grito de guerra, enquanto os bandos de macacos de outras tribos se punham em marcha pelo alto das árvores para socorrer os irmãos da Cidade Perdida. Até as aves foram acordadas, muitos quilômetros ao redor, pelo barulho da luta. E Kaa avançava, o ataque das serpentes da sua espécie consiste em golpes de cabeça e choques, nos quais entram em jogo todos os músculos do corpo. Imagine uma lança ou um martelo, pesando meia tonelada, movido por uma mente fria que vive no cabo do objeto, e terá uma ideia do sistema de luta de Kaa. Uma serpente de uns dois metros de comprimento pode derrubar um homem, se o golpeia no peito, e Kaa tinha nove metros... Seu primeiro golpe foi desferido em cheio na massa de macacos amontoados em cima de Balu – e foi tão forte que ele nem precisou de outro. Os macacos saíram correndo aos gritos de "Kaa! É Kaa! Salve-se quem puder!".

Gerações e gerações de macacos aprenderam a ter medo de serpentes, ouvindo dos pais e avós histórias terríveis sobre Kaa, o assaltante noturno que subia nas árvores para raptar até mesmo o macaco mais forte que encontrasse dormindo; o velho Kaa, que sabia imitar um galho seco com tanta perfeição que enganava todos, até o momento em que, de repente, virava de novo uma serpente pronta para o bote. Nada metia tanto medo nos *bandar-log* como essa cobra, porque nenhum macaco imaginava até onde ia o seu poder. Por isso fugiram, tomados de pânico, e subiram o topo dos telhados em ruínas, permitindo que o velho Balu enfim respirasse. Embora sua pele fosse mais espessa que a de Baguera, o urso ficou com muitas feridas. Kaa, então, abriu a boca pela primeira vez e pronunciou uma única palavra: um assobio agudo. Os macacos de fora, que vinham em socorro dos dali, ficaram paralisados. Aquele assobio os congelou de medo. Os que estavam no topo dos muros e telhados também ficaram mudos. No silêncio que se fez, Mogli pôde ouvir, lá do fundo da casa de verão, o ruído da água espirrando de um corpo que se sacudia. Baguera acabava de deixar os tanques. Nesse momento, a barulheira ecoou de novo. Os macacos treparam nos pontos mais altos do lugar. Penduraram-se no topo das pedras e guinchavam ao saltarem pelas muralhas, enquanto Mogli, espiando através das ruínas, sorria para eles com desprezo e desafio.

— Tirem o filhote de homem da casa de verão — disse Baguera, ainda ofegante. — Eu não posso fazer mais nada. Vamos salvá-lo e sair daqui. Os *bandar-log* querem nos atacar de novo.

— Os *bandar-log* não darão nem mais um passo à frente — disse Kaa, e soltou um assobio agudo.

Imediatamente, um silêncio se espalhou pela macacada.

— Não pude vir antes, irmão — disse Kaa a Balu — mas creio que ouvi seu chamado — afirmou, agora se dirigindo a Baguera.

— Sim... sim... chamei você no ardor da batalha — confessou a pantera. — E Balu? Está muito ferido?

— Não sei se ainda me resta no corpo alguma coisa inteira — respondeu o urso, esticando os membros para ver como estavam. — Puff! Estou bem moído, sem dúvidas. Devemos nossas vidas a você, Kaa, eu e Baguera.

— Não seja por isso. Onde está o homenzinho?!

— Aqui nessa armadilha, de onde não consigo sair — gritou Mogli, do fundo da casa de verão. — As ruínas do palácio estão sobre a minha cabeça.

— Tirem ele daqui! Mogli dança que nem Mao, o Pavão. Acabará esmagando todos os nossos filhotes — gritaram as cobras, de dentro do fosso.

— Oh! — exclamou a serpente numa gargalhada. — Ele arranja amigos por toda a parte. Afaste-se, Mogli, e que o povo venenoso se oculte nos buracos. Vou romper a parede.

Kaa examinou cuidadosamente as paredes da casa de verão até encontrar o ponto mais fraco, onde as pedras pudessem ceder aos seus golpes. Depois se ergueu, afastando a cabeça a dois metros de distância e, com poderosos golpes do focinho chato, martelou o muro. Em pouco tempo, uma pedra cedeu, e depois outra, vindo a parede abaixo, em meio a uma nuvem de pó. Em seguida, Mogli saltou do buraco, com os braços abertos para os seus salvadores.

— Está ferido? — perguntou Balu, retribuindo o abraço que o menino lhe dera.

— Só machucado, arranhado e faminto. Oh, eles maltrataram muito vocês, irmãos! Vejo que estão abatidos e sangrando...

— Foi pior para eles — respondeu Baguera, lambendo os beiços e olhando para o monte de macacos que estavam ao redor dos tanques.

— O que importa é que você está em segurança, Mogli. Fizemos tudo isso por amor à pequena rã que tanto nos orgulha — disse Balu.

— Deixemos as declarações de amor para mais tarde — murmurou a pantera com um tom seco de que Mogli não gostou nada. — Aqui está Kaa, a quem nós devemos a vitória e você deve a vida. Agradeça de acordo com os costumes, Mogli.

O menino da selva voltou-se e viu a cabeça da serpente erguida trinta centímetros acima da sua.

— Então é esse o homenzinho! — exclamou Kaa. — Tem a pele bem lisa, e no geral não é muito diferente dos *bandar-log*. Toma cuidado, filhote de homem, para que em alguma noite escura eu não te confunda com os macacos. Sempre que mudo de pele fico algum tempo meio cego.

— Somos do mesmo sangue, você e eu —respondeu Mogli. — Devo a você minha vida a partir desta noite. De agora em diante, minha caça será sua caça, sempre que você quiser, Kaa.

— Obrigado, irmãozinho — respondeu a serpente, piscando. — E o que um caçador corajoso como você pode caçar? Pergunto isso para saber se convém segui-lo quando sair à caça.

— Sou criança, mas sei conduzir cabritos para os que podem apanhá-los. Quando estiver com fome, pode comprovar se estou ou não dizendo a verdade. Sou bom nisso — continuou Mogli, mostrando as mãos. — E, se algum dia cair em armadilha, poderei pagar a dívida que hoje tenho com você, Baguera e Balu. Boa caçada para todos vocês, mestres.

— Falou muito bem! — rosnou o urso, entusiasmado com o aluno.

A serpente também o cumprimentou, descansando a cabeça por alguns instantes no ombro de Mogli. Depois, disse:

— Coração bravo e bem educado. Isso o levará longe na selva, homenzinho. Agora, segue os seus amigos. Vá dormir que a lua está alta.

Balu se dirigiu aos tanques para beber água, enquanto a pantera punha sua pelagem em ordem. Então, Mogli tocou no pescoço da pantera e do urso, convidando-os a partir. Ambos o olharam com olhos de quem sai de um pesadelo.

— Vamos embora! — declarou o menino, e os três escaparam para a floresta pela fenda do muro.

— Ufa! — exclamou Balu, quando se viu entre as árvores outra vez. — Nunca mais me meterei em negócios com Kaa — jurou ele.

— Ele sabe mais do que nós — disse Baguera, ainda trêmulo.

— Muitos macacos entrarão por esse caminho antes que a lua surja de novo! Kaa vai ter uma boa caçada hoje, do jeito dele...

— Mas o que significa tudo isso? — perguntou Mogli, que nada sabia do poder de fascinação das serpentes. — Uma velha serpente de focinho machucado. Pobrezinha...

— Mogli — disse a pantera com firmeza —, o focinho de Kaa está machucado por amor a você. Minhas orelhas e patas, bem como o pescoço de Balu, estão feridos por amor a você. Nenhum de nós poderá caçar com prazer por muitos dias.

— Nada disso é mais importante — interveio Balu — do que termos conosco o filhote de homem.

— Sim, mas nos custou muito caro, não só pelo tempo perdido, mas também pelos nossos ferimentos. Acho que perdi metade dos meus pelos. Lembre-se, Mogli, de que eu, a Pantera Negra, fui forçado a pedir socorro a Kaa. Tudo porque você foi brincar com os desprezíveis *bandar-log*.

— É verdade, é verdade — exclamou o menino, arrependido. — Confesso que sou um filhote mau e que meu estômago dói de fome...

— Ora! Que diz a lei da selva num caso desses, Balu? — perguntou a pantera.

O urso não queria meter Mogli em mais confusão, mas também não podia deixar de cumprir a lei. Por isso, apenas murmurou:

— Arrependimento não evita punição, é a lei. Mas lembre-se, Baguera, de que ele não passa de uma criança.

— Não me esquecerei disso — respondeu a pantera. — Tem alguma coisa a dizer, Mogli?

— Nada. Sou culpado. Por minha culpa, vocês estão feridos.

— Agora — disse Baguera —, salta sobre o meu dorso, irmãozinho, e vamos para casa.

Mogli pousou a pequena cabeça no pelo de Baguera, e dormiu tão profundamente que nem sequer despertou ao ser colocado no chão da caverna de Mãe Loba.

COMO APARECEU O MEDO

A lei da selva, que é a lei mais velha do mundo, prevê quase todos os acidentes que podem acontecer com o povo da floresta; código mais perfeito, o tempo e os costumes nunca fizeram. Os leitores lembram-se de que Mogli havia passado alguns anos de sua vida na alcateia de Seoni, aprendendo a lei com Balu. Foi Balu, o urso pardo, quem lhe disse, certa vez em que o menino estava impaciente com as suas constantes recomendações, que a lei era como o cipó gigante, que, quando prende, não larga mais. "Depois que você tiver vivido tanto quanto eu, irmãozinho, verá que todos os filhos da selva obedecem pelo menos a lei. E isso não é coisa agradável de se ver...", disse o urso.

Essa lição entrou por um ouvido e saiu pelo outro, porque um menino que passa a vida comendo e dormindo não dá importância a coisa nenhuma antes que algo sério aconteça. Mas chegou o dia em que as palavras de Balu se confirmaram: Mogli teve a oportunidade de ver toda a selva agindo de acordo com a lei.

Foi durante um inverno, em que as chuvas não caíram. Ikki, o Porco-espinho, encontrando Mogli perto de um bambuzal, avisou que os inhames selvagens estavam secando. Todos sabem como Ikki é cuidadoso para escolher sua comida, que não come senão do melhor e do mais maduro. Por isso, Mogli sorriu e disse:

— Que me importa isso?

— Nada, agora — respondeu Ikki, com os espinhos eriçados de um jeito desagradável. — Mas veremos mais tarde. Diga-me, irmãozinho, ainda aparece água no fundo da Rocha das Abelhas?

— Não. A água está indo toda embora, mas não quero quebrar a cabeça pensando nisso — foi a resposta de Mogli, que, naquela época, estava convencido de saber mais do que cinco filhos da selva juntos.

— Pior para você. Uma rachadura nessa cabeça permitiria a entrada de alguma sabedoria... — rosnou Ikki, fugindo.

Mogli contou a conversa para Balu. O urso assumiu uma expressão séria e, como se falasse para si mesmo, murmurou:

— Se eu vivesse sozinho, me mudaria daqui antes dos outros. Mas isso de mudar e viver entre estranhos acaba sempre em luta, e pode ser muito perigoso para o filhote de homem. Vou esperar para ver como a *mahua* floresce.

Naquela estação, a árvore da *mahua*, que dava flores que Balu adorava, não floresceu. Os botões cor de creme, macios como cera, desmanchavam-se com o calor, mesmo antes de abrir. Só algumas pétalas fraquinhas caíam, quando o urso, em pé sobre as patas traseiras, agitava a árvore.

Aos poucos, o calor abafado invadia o coração da selva, primeiro tudo ficou amarelado, depois amarronzado e, por fim, tudo adquiriu um tom arroxeado conforme as folhas apodreciam e se decompunham no chão. A vegetação que cresce no alto das encostas já estava seca. As lagoas se esgotavam, transformadas em lamaçais, onde os cascos dos animais deixavam marcas. As trepadeiras escorriam das árvores, murchas, e morriam, ressecadas, ao pé dos troncos. Bambus murchavam e os musgos verde-oliva se descascavam das rochas à sombra, deixando-as lisas e quentes como pedras do deserto.

Pressentindo o que estava por vir, os pássaros e macacos já tinham emigrado para o norte e, a cada dia, os porcos e os veados se aproximavam mais das aldeias, que também eram cruelmente castigadas. Os animais iam ceder ao cansaço aos olhos de homens fracos demais para persegui-los. Só Chil, o gavião, engordava. Como havia carniça! Toda tarde vinha ele com a informação, sempre infeliz, de que o sol estava matando a selva.

Sem nunca ter conhecido antes o verdadeiro sentido da palavra fome, Mogli teve de recorrer ao mel azedo, de três anos de idade, tomado de colmeias abandonadas: mel escuro como a amora e cheio de pó, como o açúcar.

Todas as criaturas da selva estavam só pele e osso. Baguera podia caçar três cervos por noite, e mesmo assim não ficaria satisfeito. O pior, porém, era a falta de água, porque, se os filhos da floresta bebem com pouca frequência, precisam de muita água toda vez que vão beber.

O calor só aumentava, secando tudo ao redor. Por fim, o rio Waingunga, já muito baixo, tornou-se a única reserva de água correndo por entre as ribanceiras, e quando Hathi, o Elefante Selvagem, viu no centro do leito do rio a ponta azulada de uma rocha que emergia, reconheceu nela a Rocha da

Paz. Ergueu, então, a tromba e proclamou a Trégua das Águas, como seu pai havia feito cinquenta anos antes. Veados, porcos-do-mato e búfalos repetiram seu grito como um eco, e Chil, o gavião, voou em círculos cada vez mais amplos, espalhando no espaço, com pios, o tremendo aviso.

Segundo a lei da selva, é proibido matar nos bebedouros quando a Trégua das Águas vigora. Razão: o beber vem antes que o comer. Os filhos da selva podem se virar de qualquer forma, quando a caça é pouca; mas água é água e, se resta uma só fonte para todos, a caçada torna-se proibida nas horas de matar a sede. Na boa estação de chuvas abundantes, os que descem para beber no Waingunga, ou onde quer que seja, correm um risco mortal. Esse perigo faz com que a vida noturna seja fascinante. Precisar se mover tão cautelosamente para que nem uma folha seca estale; atravessar as águas nas corredeiras, que absorvem todos os ruídos; beber com os olhos alertas e músculos retesados, prontos para o salto da fuga; pular para as margens arenosas e regressar para a selva bem-disposto, sob a admiração dos companheiros, são coisas que os cervos adoram fazer, justamente porque sabem que, de um momento para outro, Baguera ou Shere Khan podem aparecer, num salto, e abatê-los. Agora, porém, toda aquela inquietação de vida e morte deixava de existir. Os animais vinham ao bebedouro, bambos de magreza e fome – tigres, ursos, búfalos e javalis – e ali matavam a sede nas águas sujas, sem ânimo nem para se moverem.

Os veados e porcos-do-mato perambulavam ao acaso o dia inteiro, na esperança de algo melhor que cascas e folhas secas. Os búfalos já não encontravam pântanos para se refrescar, nem pasto verde onde pudessem encher o bucho. As cobras haviam deixado a selva e descido rio abaixo na expectativa de apanhar alguma rã perdida. Enrolavam-se por muito tempo em torno das pedras, sem sequer dar botes quando o focinho dum porco fuçando o chão encostava nelas. E a ponta azulada da Rocha da Paz, dia após dia, sobressaía ainda mais na água, comprida como uma cobra. Quando as pequenas ondas da correnteza batiam nela, a água chiava como se tivesse entrado em contato com ferro quente.

Mogli foi até lá, à noite, para se refrescar e matar a sede. O mais faminto dos seus inimigos não mexeria com ele. Estava ainda mais abatido que os outros. Mogli tinha a cabeleira bagunçada e descorada pelo sol; com calos nos joelhos e cotovelos, de tanto se arrastar de quatro. O olhar, entretanto, continuava, como sempre, firme e calmo debaixo das sobrancelhas grossas.

É que Baguera, seu conselheiro em meio a tudo aquilo, sempre lhe dizia para agir com calma e caçar em silêncio, sem perder o sangue-frio.

— Estamos vivendo um momento ruim — disse Baguera numa noite de muito calor —, mas tudo vai se resolver, se sobrevivermos até o fim. Seu estômago está cheio, filhote de homem?

— Há nele alguma coisa. Será, Baguera, que as chuvas se esqueceram para sempre de nós?

— Elas vão voltar. A *mahua* vai florescer de novo e os filhotes de cervo vão engordar com os capins cheios de brotos. Vamos até a Rocha da Paz saber das novidades. Suba no meu dorso, irmãozinho.

E assim, os dois, vítimas da seca, desceram até a margem do rio, onde uma corredeira se espalhava em várias direções.

— As águas não podem durar muito — disse Balu, que também estava lá. — Olhem. As trilhas que conduzem até aqui parecem caminhos abertos pelos homens, de tão batidas.

Rio acima, na curvatura do lugar tranquilo de onde emergia a Rocha da Paz, estava Hathi, o Elefante Selvagem, guardião da Trégua das Águas; tinha ao redor seus filhos, muito magros, com as pelancas rugosas ainda mais ressaltadas pelo luar. Eles se balançavam lentamente de um lado para o outro, como sempre fazem os elefantes. Abaixo de Hathi, vinha a tropa dos veados; mais abaixo ainda, as manadas dos porcos-do-mato e búfalos; do lado oposto, onde as árvores desciam até a orla da água, os comedores de carne – o tigre, os lobos, a pantera, o urso.

— Vivemos mesmo sob uma lei — disse Baguera quando entrou na água, vendo os chifres dos veados assustados e o rebanho de porcos que se atropelavam. — Boa caçada para todos vocês do meu sangue — acrescentou, já quase imerso na água, com metade do corpo no raso. E, entredentes, rosnou: — Caçada boa têm os bons caçadores...

Os apurados ouvidos dos veados apanharam no ar esta última sentença, e um arrepio de medo passou por todo o bando. "Trégua! Não se esqueçam de que estamos em trégua", murmuraram eles.

— Paz, paz! — murmurou Hathi, o Elefante Selvagem. — Não é oportuno falar em caçada.

— Ninguém sabe disso melhor do que eu — rosnou Baguera, voltando, rio acima, os olhos cor de ouro. — Agora sou um simples comedor de tartarugas e pescador de rãs. Ah, se eu pudesse me alimentar de ervas...

— Nós gostaríamos muito disso — baliu um veadinho novo, nascido na primavera daquele ano.

Apesar do estado miserável em que os filhos da selva estavam, todos riram, inclusive Hathi; Mogli, mergulhado na água morna até aos ombros, riu alto, espalhando espuma, num ímpeto de alegria.

— Falou muito bem, pequenino veado! — rosnou a pantera. — Quando a trégua terminar, lembrarei muito bem da sua esperteza — disse, e fixou nele os olhos penetrantes, como se quisesse reconhecê-lo depois.

Acima e abaixo do bebedouro, a conversa se espalhava. Eles podiam ouvir o ronco dos porcos abrindo passagem; o resmungo dos búfalos que se balançavam ao andar; a gritaria dos cervos contando entre si histórias tristes da dolorosa caminhada que fizeram à procura de comida. De vez em quando, um deles perguntava qualquer coisa aos comedores de carne, do outro lado do rio, mas todas as notícias eram ruins.

— O rio continua baixando — observou Balu. — Hathi, por acaso você já viu, em sua longa vida, uma seca igual a essa?

— Vai passar, vai passar — respondeu Hathi, entre dois esguichos de água que lançava com a tromba.

— Temos um aqui que não vai durar muito — disse o urso, voltando os olhos para o menino que ele tanto amava.

— Eu? — exclamou Mogli, ofendido, erguendo-se na água. — É verdade que não tenho um tapete peludo cobrindo o meu corpo, mas se o tapete que você usa, Balu, um dia ficar vago...

Hathi deu uma gargalhada, enquanto Balu, ressentido, repreendia:

— Filhote de homem, não fica bem falar isso para um mestre da lei. Minha pele *nunca* ficou vaga...

— Não quis ofender, Balu, mas você parece um coco na casca, mesmo para mim, que sou outro coco descascado. Se essa sua casca um dia vagar...

Mogli, que estava sentado de pernas cruzadas, explicando o que dizia com gestos, não conseguiu concluir a frase. Baguera pousou a pata sobre o seu ombro e o afundou de costas na água.

— A coisa vai de mal a pior — disse a Pantera Negra, enquanto Mogli se levantava, pingando. — Primeiro Balu tem que ser depilado; depois vira coco. Então, cuidado para que ele não faça com você o que os cocos maduros fazem!

— O que é que eles fazem? — perguntou Mogli, curioso e em guarda, embora aquela história de cocos fosse uma brincadeira de adivinhação muito conhecida na selva.

— Quebram a sua cabeça! — respondeu Baguera, derrubando Mogli na água outra vez.

Balu ainda estava ressentido.

— Não é certo fazer piadas com um velho mestre — disse, quando Mogli mergulhou pela terceira vez na água.

— Sim, mas o que você quer? — rosnou, de repente, uma voz nova. — Essa coisinha que anda de lá para cá, gosta de fazer coisas de macaco contra nós, os velhos caçadores e, por brincadeira, já puxou os bigodes do mais forte de todos.

A voz era de Shere Khan, o tigre que, mancando, acabava de aparecer no bebedouro. Falou e se deteve um instante, desfrutando da sensação que sua presença causara entre os cervos da margem oposta. Em seguida, inclinou a cabeça quadrada e, lambendo os beiços, rosnou:

— A selva foi transformada em um ninho de filhote de homem! Olhe para mim, filhote de homem!

Mogli olhou, ou melhor, fitou o tigre nos olhos com tanta braveza que, após um minuto, Shere Khan baixou a cabeça, incomodado.

— Filhote de homem isso, filhote de homem aquilo — foi resmungando o tigre, enquanto bebia. Depois murmurou: — Filhote de homem? Nem filhote, nem homem. Pelo rumo que as coisas estão tomando, da próxima vez vou ter que pedir licença a ele para beber meu gole de água. Ora bolas!

— Esse tempo virá — disse Baguera, com os olhos firmes nos olhos do tigre.

Hathi perguntou depois de um breve silêncio: — Já acabou de beber?

— Sim, por esta noite.

— Vá embora, então. O rio é um bebedouro, não um esgoto. Vá para a sua toca, Shere Khan!

Estas palavras soaram cortantes, fazendo com que os filhos de Hathi dessem um passo à frente, embora não houvesse necessidade. Shere Khan se retirou, não ousando nem mesmo rosnar. Sabia, como todos na selva sabem, que nos momentos supremos quem diz a última palavra é sempre o elefante.

O elefante caminhou na direção da Rocha da Paz, até ter a água na altura dos joelhos. Apesar de magro, enrugado e surrado como estava, o vulto de Hathi mostrava para toda a selva quem ele era: o mais forte.

— Vocês sabem, meus filhos, que não tememos nada tanto quanto o homem — começou ele, com as suas primeiras palavras seguidas de um murmúrio de aprovação.

— Isso é com você, irmãozinho — sussurrou Baguera para Mogli.

— Por que comigo? Pertenço à alcateia, sou um simples caçador do povo livre — replicou o menino. — Que tenho eu a ver com os homens?

— E sabem por que tememos o homem? — prosseguiu Hathi. — Ouçam-me. No começo da selva, que ninguém sabe quando foi, nós convivíamos em harmonia, sem que um tivesse medo do outro. Não havia secas nesse tempo. Flores, e folhas, e frutas e cascas se acumulavam nas árvores, e não nos alimentávamos senão de flores, folhas, frutas e cascas. Naqueles tempos não existia o milho, nem os melões, nem a pimenta, nem se viam as cabanas que vemos hoje. O povo da selva não conhecia o homem. Todos viviam em uma grande irmandade. Logo, porém, surgiram disputas por comida, embora a quantidade de alimento vegetal desse para todos. Preguiçosos que eram, cada qual queria comer no próprio lugar onde estava, como fazemos hoje quando as chuvas da primavera são abundantes. Tha, o Primeiro dos Elefantes, vivia ocupado em criar novas florestas e em abrir leitos para novos rios. Como não podia estar ao mesmo tempo em toda a parte, fez do Primeiro dos Tigres o mestre e juiz da selva, ordenando que todos dirigissem para ele as suas queixas. Naquele tempo, o Primeiro dos Tigres comia ervas e frutas como os demais. Era grande, como eu, e belo de cor: tinha a cor das trepadeiras amarelas. Nenhuma listra ou pinta manchava a sua pelagem macia. Todos os animais iam até ele, sem receio nenhum. Sua palavra era lei. Éramos, lembrem-se, um povo só.

— Certa noite — continuou Hathi —, dois cervos se envolveram numa disputa por pastagem, disputa como essas de hoje, que se resolvem com coices e chifradas. Os briguentos foram até o Primeiro dos Tigres, que os atendeu de dentro de um arbusto de flores. Durante o debate, um dos cervos o machucou com o chifre e, esquecido de que era o juiz, o tigre lhe quebrou o pescoço com uma valente patada. Até aquela noite, nenhum de nós havia morrido. Não conhecíamos a morte. O Primeiro dos Tigres, vendo o que havia feito, ficou enlouquecido pelo cheiro do sangue e se escondeu nos pantanais do norte. Ficamos sem juiz, e as disputas aumentaram. Tha, ouvindo de longe o barulho de toda aquela desordem, voltou. Alguns disseram uma coisa, outros disseram outra, mas Tha percebeu o corpo do cervo no arbusto de flores e quis saber quem o matara. Ninguém respondeu. Estavam todos perturbados pelo cheiro do sangue, rodeando e balançando a cabeça ao redor do arbusto. Tha, então, mandou os cipós e as árvores de galhos baixos que margeiam as trilhas marcarem o matador, para que pudesse ser sempre reconhecido. Depois, perguntou:

"E quem quer, agora, ser o chefe do povo?". O Macaco Cinzento saltou dos galhos onde vivia e respondeu: "Eu serei o chefe". Tha sorriu e disse: "Que assim seja", e se retirou, suspirando.

— Meus filhos, todos vocês conhecem o Macaco Cinzento, que naquela época já era o que é hoje. No começo, ficou muito sério; depois, começou a se coçar e pular. Quando Tha de novo regressou, veio encontrá-lo de cabeça para baixo, pendurado pela cauda num ramo, fazendo micagens para o povo da selva, que, por sua vez, caçoava dele. E, assim, a lei tinha sumido, substituída por palavras tolas e sem sentido.

— Então Tha nos chamou e disse:

"O primeiro chefe que dei para vocês trouxe a morte para a selva. Está na hora de receberem uma lei que não possa ser quebrada. Ela será o medo. Quando encontrarem o medo, verão que é ele realmente o chefe supremo". E então o povo da floresta perguntou: "O que é o medo?". E Tha respondeu: "Vocês verão por si mesmos. Procurem-no!". E, assim, todos se espalharam, procurando o medo. Certo dia, os búfalos...

— Oh! — interrompeu Mysa, o chefe da manada de búfalos.

— Sim, Mysa, os antepassados dos seus búfalos de hoje. Apareceram os búfalos com a notícia de que em uma gruta, no centro da floresta, morava o medo, uma criatura sem pelo no corpo e que andava em pé. O povo da selva seguiu rumo à gruta, e na entrada encontraram o medo, de pé e sem pelos, como disseram os búfalos. Assim que nos viu chegar, ele gritou, e sua voz nos encheu do mesmo medo que hoje nos causa, sempre que a ouvimos. Corremos numa fuga sem direção, porque estávamos com medo e, naquela noite, como me contaram, não nos deitamos sossegados e juntos, como até então fazíamos. Em vez disso, nos separamos por tribos: porcos de um lado, cervos de outro, chifre com chifre, casco com casco, e assim ficou.

— No começo, o Primeiro dos Tigres não foi até lá porque vivia nos pântanos do norte. Quando soube do que tínhamos encontrado na gruta, disse: "Irei ver essa coisa e quebrarei o pescoço dele". Disse e fez. Andou durante toda a noite à procura da gruta, e foi então que as árvores e os cipós dos caminhos, atentos às ordens de Tha, riscaram seu corpo com listras, nas costas, nas patas, na testa, no focinho. Sempre que esbarrava num galho ou cipó, ficava com uma listra ou pinta nova em sua pelagem amarela. E essas marcas, até hoje, seus descendentes usam! Quando alcançou a gruta, o medo apontou para ele e disse: "O manchado vem aí!", e o Primeiro dos Tigres teve medo do pelado e voltou para os pântanos, miando.

— Se o homem olhasse firme nos olhos dele, Shere Khan fugiria. Na sua noite de caçada, porém, ele entra nas aldeias, corre pelas ruas, mete a cabeça pelas portas, e o homem, apavorado, deixa que o ataque de frente — disse Hathi.

— Oh! — exclamou Mogli para si mesmo, espalhando-se na água. — *Agora* entendo por que Shere Khan me mandou que olhasse para ele! Queria ver se conseguia suportar meus olhos, se eu não caía por terra dominado pelo seu olhar... Mas, nesse caso, não sou homem. Pertenço mesmo ao povo livre...

— Hum! — roncou Baguera para dentro da garganta. — Como o tigre sabe quando é a noite dele?

— Nunca sabe, senão quando o chacal da lua aparece claro na neblina noturna. Isso às vezes acontece no verão, outras vezes durante as chuvas. É a noite do tigre. Mas, se não fosse o Primeiro dos Tigres, nada teria acontecido, e nenhum de nós jamais conheceria o medo — confirmou Haiti.

Os veados suspiraram, e Baguera abriu um sorriso malvado.

— Os homens conhecem essa história? — perguntou ele.

— Ninguém conhece essa história, a não ser os tigres, e nós, os elefantes descendentes de Tha. Agora vocês também a conhecem.

Hathi mergulhou a tromba na água já que tinha falado tudo o que queria.

— Mas, mas, mas... — começou Mogli, virando-se para Balu. — Por que o Primeiro dos Tigres não continuou a se alimentar das folhas das árvores e ervas rasteiras? Ele apenas quebrou o pescoço do cervo, não o comeu. O que foi que fez com que ele começasse a comer carne?

— As árvores e os cipós o marcaram, irmãozinho. Transformaram o tigre nesse tapete de listras que vemos hoje. Por isso, ele parou de se alimentar de folhas e se vinga das plantas nos veados e outros comedores de ervas — explicou o urso.

— Oh, você também conhece a história, Balu! Por que nunca me contou?

— A selva está cheia de histórias como essa. Se eu fosse contar todas, não faria outra coisa. Vamos! Larga da minha orelha, irmãozinho!

TIGRE! TIGRE!

Voltemos um pouco atrás. Quando Mogli deixou a caverna do lobo, depois da luta com a alcateia na Rocha do Conselho, ele desceu até as terras cultivadas onde os camponeses viviam. Mas não ficou por lá, por ser um lugar muito perto da selva, onde havia feito pelo menos um inimigo depois da reunião do Conselho. Em vez disso, continuou avançando, seguindo pela estrada que corria pelo vale por trinta quilômetros, até chegar a uma região desconhecida. Esse vale ficava num campo salpicado de rochedos e cortado por encostas. Num dos extremos se estendia uma pequena aldeia, cercada de pastagens que terminavam às margens da floresta. Por todo o campo, andavam búfalos pastando sob a guarda de pequenos pastores que fugiram aos gritos ao verem Mogli. Seus cães amarelos começaram a latir. Mogli, porém, não parou. Estava faminto. Quando chegou na porta da aldeia, viu que a porta de espinheiro, que costumavam fechar à noite, ainda estava aberta.

— Hein?! — exclamou diante daquela defesa que já conhecia de outros passeios. — Os homens a partir daqui já se protegem contra os habitantes da selva — murmurou, sentando-se à soleira da porta.

Quando o primeiro homem apareceu, levantou-se e apontou para a boca aberta, querendo dizer que tinha fome. O homem arregalou os olhos e sumiu, para, logo depois, voltar seguido de um sacerdote brâmane[3]: um homem grande, vestido de branco e marcado de vermelho e amarelo na testa.

---

3 Brâmane: sacerdote que segue os Vedas, escrituras sagradas do hinduísmo, ou pessoa da mais alta das castas hindus.

Atrás do sacerdote veio uma porção de gente, todos com cara de espanto. Apontavam para o menino.

Não sabem se comportar, esses homens, pensou Mogli consigo. *Só macacos agiriam assim,* e com esse pensamento na cabeça jogou para trás os seus cabelos compridos e encarou firme a multidão.

— Qual é o motivo de tanto medo? — perguntou o sacerdote. — Olhem para as cicatrizes que ele tem nos braços e nas pernas. Mordidas de lobo. É um filho de lobo que fugiu da selva.

De fato, de tanto brincarem juntos, os filhotes de Mãe Loba tinham mordido muito Mogli, sem querer, e por isso ele tinha aquelas cicatrizes tão visíveis. O menino, entretanto, nunca as tinha considerado mordidas, pois não passavam de brincadeiras.

— Nossa! — exclamaram duas ou três mulheres ao mesmo tempo. — Mordido por lobos, o pobrezinho! E como é lindo! Tem olhos de fogo. Pelos deuses, Messua, ele se parece muito com o seu menino que o tigre raptou.

— Deixe-me ver — disse uma mulher de grossos anéis nos dedos e pulseiras de cobre nos braços e, aproximando-se, examinou Mogli bem de perto. — Não é ele, não. É mais magrinho, mas se parece mesmo com meu filho.

O sacerdote, homem esperto, sabia que Messua era a esposa do lavrador mais rico da região. Assim, olhou para o céu por um minuto e disse com solenidade:

— O que a selva tomou, a selva acaba de restituir. Leva o menino para sua casa, irmã, e não se esqueça de recompensar o sacerdote que vê tão fundo tudo o que acontece na vida dos homens.

Pelo touro que me comprou a vida!, disse Mogli consigo. *Isso parece mais uma outra reunião do Conselho. Bem, bem. Se sou homem, então que me torne homem de verdade.*

A multidão se dispersou assim que a mulher conduziu Mogli para sua cabana, onde havia uma cama envernizada, um grande baú de grãos feito de barro, com desenhos em relevo na tampa, meia dúzia de utensílios de cozinha, a imagem de um deus hindu num canto e, na parede, um espelho desses que são vendidos nas feiras.

A mulher deu uma vasilha de leite e um pedaço de pão para Mogli; depois tomou-lhe a cabeça e olhou-o nos olhos. Quem sabe se não era ele o menino que o tigre levara? Ela chamou:

— Nathoo, Nathoo! — Mogli não deu sinal de conhecer tal nome. — Não lembra do dia em que fiz uns sapatinhos novos para você? — perguntou ela, apontando para os pés calejados do menino. — Não, não... — respondeu para si mesma a mulher, com tristeza. — Esses pés nunca usaram sapatos, mas você se parece demais com o meu Nathoo e ficará sendo meu filho.

Mogli não estava à vontade ali, por nunca ter visto como era uma cabana por dentro; mas ficou tranquilo quando olhou para o teto e viu que conseguiria fugir por ali, se tivesse vontade. Além disso, as janelas não tinham trancas.

De que me vale ser homem, se não entendo a linguagem dos homens?, pensou consigo. *Estou aqui tão estúpido e mudo como um homem que estivesse conosco lá na selva. Tenho que aprender a linguagem deles.*

Não foi de brincadeira que Mogli aprendera na caverna dos lobos a imitar o grito de desafio dos bodes selvagens e o grunhir dos porcos novos. Por isso, logo que Messua pronunciava uma palavra, ele a imitava quase perfeitamente, e logo aprendeu, nesse mesmo dia, o nome de muita coisa existente na cabana.

A hora de dormir foi um pouco difícil. Mogli não sabia dormir fechado no que lhe parecia uma armadilha para leopardos. Assim, quando trancaram a porta, saiu pela janela.

— Deixe que saia — disse o marido de Messua. — Lembre-se de que ele nunca dormiu numa cama. Se esse menino foi realmente enviado pelo céu para substituir o nosso filho, não fugirá.

Assim, Mogli se deitou na relva macia do campo vizinho, para dormir como manda a natureza. Mas, antes que seus olhos se fechassem, um focinho amigo veio farejá-lo.

— Puxa! — exclamou o Lobo Cinzento, o mais velho dos filhotes de Mãe Loba. — Acho que você foi mal recompensado pelos trinta quilômetros que andou. Cheira a gado e a fumaça, igual um homem. Levanta, irmãozinho. Trago notícias.

— Está tudo bem na selva? — perguntou Mogli, abraçando-o.

— Tudo, exceto para os lobos que você assustou com a flor vermelha. Ouça. Shere Khan foi para longe. Mas jurou que, quando voltar, vai atrás do filhote de homem.

— Fiz a mesma promessa em relação a ele — respondeu calmamente o menino. — Bem, bem. Notícias são notícias. Estou cansado, muito cansado de coisas novas. Mas sempre me dê notícias, irmão cinzento.

— Não se esquecerá de que é um lobo? Os homens não vão te fazer esquecer isso? — perguntou o Lobo Cinzento, apreensivo.

51

— Jamais! Sempre me lembrarei de todos da nossa caverna, embora também não me esqueça de que fui expulso da alcateia.

— Nem esqueça que você pode ser lançado fora de outra alcateia, a alcateia dos homens... Homens são apenas homens, irmãozinho, e falam como rãs na lagoa. Quando eu voltar para te ver, esperarei perto do bambuzal à beira do pasto.

Durante três meses, depois daquela noite, por poucas vezes Mogli transpôs as portas da aldeia, ocupado demais em aprender os usos e costumes dos homens. Precisou se acostumar a usar panos em cima do corpo, coisa que muito o incomodava; e também aprendeu o valor do dinheiro e como usá-lo (sem nada entender) e o uso do arado, que lhe parecia inútil. Os meninos da rua o irritavam. Felizmente, a lei da selva lhe ensinara a se controlar, porque na vida selvagem o alimento e a segurança dependem muito do domínio de si mesmo. Mas, quando os meninos riam dele por não saber empinar pipa ou por pronunciar as palavras de forma errada, só não os atacava porque sabia que não era permitido.

Mogli desconhecia a própria força. Na selva se achava fraco, em comparação com os animais selvagens; mas, na aldeia, os homens o consideravam forte como um touro.

Também não tinha a menor ideia a respeito da separação de castas[4]. Quando o asno do oleiro escorregava e caía no poço de barro, ele o levantava pela cauda. Também ajudava o oleiro a levar suas telhas para o mercado. Aquilo pegava mal, porque o oleiro pertencia à casta dos párias e, o seu asno, à outra casta ainda mais baixa. Quando o sacerdote explicou isso, Mogli ameaçou colocá-lo também em cima do asno, o que fez o santo homem ir dizer ao marido de Messua que era hora de meter o menino no trabalho. Em consequência, ele foi mandado ir guardar os búfalos no pasto. Ninguém teria recebido uma ordem dessas com maior alegria. Nessa noite, foi até a grande figueira que ficava na praça principal da aldeia. Lá ficava o clube onde os chefes políticos, o barbeiro (que conhecia todos os mexericos do lugar) e o velho Buldeo, caçador dono de uma espingarda *Tower*, se reuniam para conversar e fumar. Macacos vinham se empoleirar nos galhos da figueira, e no seu tronco havia um oco onde morava uma cobra. Todos os dias as mulheres punham ali um prato de leite, pois aquela era uma cobra sagrada. Os velhos se sentavam em torno dessa árvore para conversar. Narravam

4 Casta: camada social hereditária do hinduísmo.

maravilhosas histórias de deuses, homens e fantasmas. Buldeo, com as suas mentiras sobre os costumes dos animais da selva, fazia as crianças arregalarem os olhos. A maioria das histórias era sobre os animais, já que a floresta ficava muito próxima da aldeia, a ponto de os porcos selvagens invadirem as plantações com frequência, e os tigres atacarem homens ao cair da noite, à vista de todos.

Mogli, que naturalmente conhecia a fundo a vida na selva, tinha que esconder o rosto para abafar o riso, quando Buldeo, com a sua espingarda *Tower* sobre os joelhos, dissertava sobre o assunto.

Buldeo achava que o tigre que raptara o filho de Messua era um tigre-fantasma, e dizia que o corpo dele servia de morada à alma de um velho malvado, falecido há alguns anos.

— E sei que isso é verdade — dizia ele —, porque Purun Dass (o tal malvado) mancava de uma perna, por causa de um tiro que levou numa briga, e esse tigre manca também, como verifiquei pelos rastros.

— Deve ser isso mesmo — concordavam os velhos barbudos, balançando a cabeça.

Mogli não se conteve.

— Todas as histórias contadas aqui são desse tipo? — perguntou ele. — Esse tigre manca porque nasceu assim, e todos na selva sabem disso. Supor que a alma de um velho malvado habite o corpo de um tigre que jamais teve sequer a coragem de um chacal é infantilidade.

Buldeo perdeu a fala de tanta surpresa, diante do atrevimento daquela observação.

— Ah-ah! É o homenzinho-lobo quem fala! — disse ele. — Se entende tanto desse tigre, seria melhor que nos trouxesse a pele dele; o governo pagará por ela uma boa quantia. Faça isso, em vez de ficar aí metendo a colher torta na conversa dos mais velhos.

Mogli retirou-se.

— Fiquei aqui durante toda a tarde — disse ao se levantar —, e, a não ser uma vez ou outra, Buldeo não disse nada certo sobre a selva, que começa logo ali. Como vou acreditar, então, nas histórias de deuses e duendes que ele diz ter visto?

— Esse rapazinho precisa ir trabalhar o quanto antes — observou um dos velhos, enquanto Buldeo se engasgava de fúria diante da ousadia de Mogli.

As aldeias indianas costumam deixar alguns rapazes sozinhos tomando conta dos bois e búfalos que eles levam para pastar toda manhã e recolhem à noite. Enormes animais que poderiam ser muito perigosos para um homem se quisessem atacá-lo. Enquanto os pastorzinhos permanecem junto do gado, não correm nenhum perigo, porque nem o tigre ousa atacar uma manada de bois ou búfalos. Mas caso se afastem, atraídos por flores silvestres ou para apanhar algum lagarto, frequentemente são caçados pelos tigres. Mogli atravessou a aldeia pela madrugada, montado no pescoço de Rama, o maior búfalo do rebanho. Os búfalos de chifres retorcidos para trás e olhos selvagens o seguiam. Mogli os tocava com uma longa vara de bambu. Assim que chegou ao campo, disse a Kamya, um dos seus companheirinhos de pastoreio, para tomar conta dos bois, enquanto ele sozinho guardaria os búfalos.

Uma pastagem indiana é em geral uma área rochosa, cheia de moitas e encostas, dentro das quais o gado desaparece. Os búfalos procuram pontos pantanosos, onde mergulham durante as horas quentes do dia. Mogli levou seu rebanho para o extremo do campo, lá onde o rio Waingunga sai da floresta. Saltou do pescoço de Rama e correu pelo bambuzal, onde devia estar o Lobo Cinzento.

— Esperei aqui por você, por vários dias — disse o lobo. — Que história é essa de guardar gado agora?

— É o que me mandaram fazer — respondeu Mogli. — Agora sou pastor de búfalos. Que há de novo sobre Shere Khan?

— Já voltou para esta área e tem estado aqui à sua espera. Ele se afastou à procura de caça, já que por aqui não tem muita. Mas está atrás de você.

— Muito bem — respondeu Mogli. — Enquanto ele estiver fora, você continuará sentado nessa pedra, para que eu possa te ver da aldeia. Assim que ele voltar, você vai me esperar no barranco, perto daquela árvore grande que estamos vendo daqui. Precisamos evitar cair dentro da goela de Shere Khan.

Em seguida, Mogli escolheu um lugar à sombra, onde se deitou para dormir enquanto os búfalos pastavam.

O pastoreio na Índia é um dos serviços mais tediosos do mundo. O gado se move, pasta, e então se deita, em seguida se move de novo para pastar mais adiante e se deitar outra vez. Raramente muge. Os búfalos mergulham em todos os pântanos que encontram, caminhando dentro deles apenas com os focinhos de fora. Os pastorzinhos se distraem com um solitário gavião fazendo curvas sobre suas cabeças, lá no alto do céu. E os rapazes dormem, despertam, e dormem de novo, então tecem pequenos cestos onde aprisionam gafanhotos; ou apanham alguns louva-a-deus que começam a lutar entre si; ou fazem colares de sementes vermelhas e pretas, colhidas na selva; ou observam um lagarto que toma sol sobre as pedras; ou assistem ao espetáculo da cobra atraindo as rãs nas encostas. Também cantam cantigas da terra e fazem figuras ou ídolos de barro. Quando a tarde cai, os pequenos pastores chamam o gado. Os búfalos saem dos lameiros, fazendo barulho, e, um atrás do outro, seguem em direção à aldeia.

Durante vários dias, Mogli levou seus búfalos ao campo e nesse tempo avistou o Lobo Cinzento no ponto combinado. Assim ficou sabendo que Shere Khan ainda não tinha retornado. Passou a maior parte desse tempo deitado na relva, sonhando com a vida na floresta, enquanto o seu ouvido alerta captava até os menores rumores. Se Shere Khan desse, nas matas do Waingunga, sequer um passo em falso com a sua pata que mancava, ele o teria ouvido, nesses momentos de repouso.

Por fim chegou o dia em que não viu o Lobo Cinzento no lugar de sempre. Mogli sorriu e fez seus búfalos marcharem para dentro da encosta, até a árvore grande, que estava coberta de flores de um vermelho luminoso. Lá encontrou o irmão lobo, todo arrepiado.

— Ele está se preparando para te afastar dos búfalos. Seguido por Tabaqui, Shere Khan cruzou o rio a noite passada — disse o lobinho inquieto.

Mogli franziu as sobrancelhas.

— Não tenho medo de Shere Khan, mas Tabaqui é muito astuto.

— Não precisa ter medo de Tabaqui. Eu o encontrei de madrugada e, a essas horas, está contando suas mentiras aos gaviões. Antes que eu quebrasse a espinha dele, porém, me contou tudo. Shere Khan planeja surpreender você esta tarde, na entrada da aldeia. Deve estar, nesse momento, escondido na grande encosta seca do Waingunga.

— Será que comeu hoje ou ainda está em jejum? — perguntou Mogli, para quem a resposta valia a vida.

— Matou um porco de madrugada e também bebeu no rio. Shere Khan nunca fica em jejum nem mesmo na véspera de uma vingança.

— Louco! Louco! Que infantil que é! Comeu e bebeu e pensa que um inimigo vai esperar até que faça a digestão? Diga, onde Shere Khan está, exatamente? Se fôssemos dez, acabaríamos com ele agora mesmo. Meus búfalos não o atacarão, a não ser que eu os provoque, e não conheço a linguagem dos búfalos. Mas podemos seguir os rastros do tigre, para que eles o farejem.

— Shere Khan atravessou a nado o Waingunga, para cortar caminho — respondeu Lobo Cinzento.

— Tabaqui ensinou a ele esse meio de encurtar a viagem, eu bem sei. Sozinho, não teria nunca tal ideia — observou Mogli, de pé, com o dedo na boca, pensativo. — A encosta grande do Waingunga abre para o campo a menos de um quilômetro daqui. Posso cortar a selva com meus búfalos, para sair no começo da encosta e percorrê-la toda, mas Shere Khan fugiria, com o barulho... Precisamos bloquear a outra saída, irmão cinzento. Você consegue conduzir metade dos meus búfalos?

— Creio que não, mas trouxe comigo um ótimo ajudante — respondeu o Lobo Cinzento, afastando-se até sumir num buraco, de onde surgiu uma cabeça que Mogli conhecia muito bem. Logo o espaço se encheu com o eco do grito mais desolador da selva: o grito de caça do lobo.

— Akela! Akela! — exclamou Mogli, batendo palmas. — Eu tinha certeza de que você não me esqueceria. Temos um trabalho pesado hoje. Toma conta de metade dos meus búfalos, Akela. Separa as fêmeas e crias de um lado e os machos de outro.

Ajudado pelo lobinho, Akela começou a executar a ordem. O rebanho foi separado em dois. Num grupo ficaram as fêmeas, com as crias no centro, revirando a terra, prontas para defender a prole. No outro ficaram os machos, bufando e batendo as patas no chão, mas, apesar de parecerem imponentes, eram muito menos perigosos que as fêmeas, pois não tinham os filhotes para proteger. Nem seis homens teriam dividido o rebanho com tanta agilidade.

— Qual é a ordem agora? — perguntou Akela, ofegante. — Os búfalos logo vão se reunir de novo.

Mogli saltou para o pescoço de Rama e gritou:

— Vamos tocar o bando de machos para a esquerda, Akela. E você, irmãozinho cinzento, irá com o bando de fêmeas ocupar o outro extremo da encosta.

— Em que ponto?

— Num ponto onde os barrancos sejam tão altos e íngremes que Shere Khan não consiga subi-los.

O lobinho ficou imóvel diante das fêmeas, em atitude de desafio. Elas avançaram contra ele; o lobinho recuou e parou de novo; elas avançaram outra vez; o lobinho recuou e parou novamente. Desse modo, foi conduzindo-as para o ponto indicado por Mogli. Akela usou o mesmo sistema para conduzir o seu bando de machos.

— Belo serviço, Akela! — gritava Mogli de cima de Rama. — Só mais um pouquinho e basta. Mas tenha cuidado! Não os irrite muito, ou o atacarão. O ataque deles precisa ser contra o tigre, lembre-se. Devagar! É um trabalho mais difícil que conduzir antílopes! Você imaginava que essas criaturas de chifre voltado para trás eram tão ligeiras assim?

— Já... já cacei búfalos, no meu tempo — respondeu Akela, um pouco sem ar devido à poeira. — Viro agora em direção à selva?

— Sim, e depressa. Rama está ardendo de fúria. Ah, se eu pudesse fazê-lo compreender meu plano...

Vendo de longe aquele movimento do gado, os outros pastores correram para a aldeia, para contar que os búfalos haviam se libertado e fugiam para a selva.

O plano de Mogli era muito simples. Queria alcançar o começo da encosta e, para isso, cortaria um trecho da floresta. Quando chegasse lá, iria encosta adentro, até encurralar Shere Khan entre os dois bandos de búfalos. Mogli sabia que, depois de comer e beber, o tigre era incapaz de lutar, bem como de subir as barrancas da encosta. Sempre montado em Rama, seguia na frente, acalmando os búfalos com os seus gritos; Akela seguia atrás, apressando a marcha da retaguarda. Ao chegar a certo ponto, Mogli deteve os animais num alto de onde podia avistar por entre as árvores o campo ao longe. Estava de olho nas barrancas. Pôde verificar que eram bem altas, justamente o que precisava para o seu plano. As plantas trepadeiras que nelas cresciam formavam pontos de apoio para um tigre que tentasse subir.

— Deixe-os tomar fôlego, Akela — gritou Mogli, com a mão no ar. — Os búfalos ainda não farejaram o tigre. Deixe-os respirar livremente e apanhar o cheiro que está no ar.

Depois, declarou:

— Shere Khan pode aparecer agora. Não escapará.

Em seguida, levou ambas as mãos à boca e soltou um grito no rumo do canal da encosta. O eco multiplicou aquele som de rocha em rocha.

No mesmo instante, ouviu o ronco de um tigre se espreguiçando, satisfeito, depois de acordar.

— Quem me chama? — urrou Shere Khan, fazendo esvoaçar de uma moita um assustado pavão.

— Eu. Mogli. Chegou seu dia, comedor de bezerros! Vamos, Akela! Avança! Ataca, Rama, ataca!

Os búfalos, detidos por alguns momentos na boca da encosta e postos em marcha pelo grito de guerra que o lobo desferiu, lançaram-se para a frente, em doido atropelo, fazendo que a areia do chão se erguesse em nuvens e as pedras que os cascos batiam rolassem. Uma vez em disparada, nada mais os podia deter. Transformaram-se em um furacão. Logo adiante, Rama farejou o ar, no qual sentiu bem o cheiro do tigre.

— Ah-Ah! — exclamou Mogli. — Agora entendeu o que estamos fazendo, não é?

O amontoado de chifres, focinhos espumantes, olhos enérgicos e corpos lançados num ímpeto impossível de reprimir varreu o canal, como enormes pedras levadas pela enxurrada. Os mais fracos eram espremidos de encontro às encostas que tentavam subir por entre o emaranhado das plantas trepadeiras; entendendo a força da avalanche que vinha atrás, tão poderosa que nem o tigre resistiria. Shere Khan ouviu o tropel e se ergueu, marchando à procura de um ponto favorável onde pudesse subir a encosta; mas a subida era muito íngreme naquele trecho, e ele teve que trotar para adiante, pesado da digestão e disposto a tudo, menos a lutar. A enxurrada de búfalos logo alcançou o brejo onde ele estivera deitado, e todos mugiram, furiosos. Mogli ouviu os mugidos de resposta das fêmeas no outro extremo da encosta. Shere Khan também os ouviu e parou por um momento. Voltou-se. De repente entendeu o que acontecia e preferiu enfrentar os touros da retaguarda do que as fêmeas que o esperavam na frente. Mas já era tarde. Rama se atirou contra ele e o pisoteou, cheio de ira, seguido por outros búfalos que o acompanhavam de perto. Mogli já tinha pulado de cima dele, e estava a salvo num canto da encosta, de vara em punho.

— Depressa, Akela! Disperse os búfalos antes que comecem a ferir uns aos outros. Estão muito amontoados. Anda, Akela! Eia! Rama! Cuidado! Cuidado!

Akela e o Lobo Cinzento, que estavam juntos, entraram correndo de um lado para outro, mordendo as patas dos búfalos, dispersando-os antes que trombassem entre si. Shere Khan não precisava de mais cascos sobre seu corpo. Estava moído e sem forças para continuar.

— Finalmente, irmãos — disse Mogli. — Nem sequer lutou.

Em dado momento, sentiu uma mão pousando sobre seu ombro. Olhou. Era Buldeo, com a sua espingarda. O caçador soubera pelos outros meninos do estouro dos búfalos e, furioso, viera castigar Mogli, o culpado. Assim que surgiu, os dois lobos se esconderam.

— Que loucura é essa?! — exclamou Buldeo, irritado. — Oh, é o tigre manco! Vale muito dinheiro! Bem, bem, vou te perdoar por ter deixado o rebanho estourar e talvez te dê um trocado de recompensa, por ter descoberto essa pele — disse Buldeo.

— Hum! — murmurou Mogli para si próprio. — Você quer levar a pele de Shere Khan para Khanhiwara e recolher a recompensa da qual me dará um trocado, não é? Sim, mas eu tenho meus próprios planos para essa pele aqui.

— Que modos são esses de falar com o caçador-chefe da aldeia? Só a sua sorte e a estupidez dos búfalos é que te deram essa presa. O tigre tinha acabado de comer; se não fosse por isso, estaria a quilômetros daqui. Pois não te darei nem um centavo da recompensa, está ouvindo?

— Pelo touro que me comprou — disse Mogli,— será que vou ter que ouvir as caduquices desse macaco velho a tarde toda? Akela! Esse homem está me aborrecendo. Venha aqui.

Buldeo, que já ia retirando o tigre dali, viu-se, de repente, arremessado ao chão, com Akela sobre si, enquanto Mogli, ficou ao lado de Shere Khan como se estivesse sozinho no mundo.

— Sim, sim — rosnava ele entredentes. — Você tem razão, Buldeo. Não vou ficar com nem um centavo da recompensa. Está bem. Mas existe uma velha briga entre mim e esse tigre, muito velha, e eu venci.

Justiça seja feita a Buldeo. Se ele fosse dez anos mais moço, teria enfrentado Akela, encarando-o de frente; mas um lobo que obedecia às ordens de um menino que tinha uma briga pessoal com um tigre não era um lobo comum. Magia, feitiçaria da pior espécie, pensou consigo Buldeo, enquanto esperava que o amuleto em seu pescoço o salvasse. E ficou imóvel, sem reação, certo de que Mogli, de um momento para outro, também iria se transformar em tigre ou algo assim.

— Marajá! Grande rei! — murmurou ele por fim, delirando de medo.

— O que foi? — respondeu Mogli, sorrindo.

— Sou um velho. Perdoa. Não sabia que você era mais que um simples pastorzinho de búfalos. Permita que eu vá embora ou quer que esse seu fiel servo lobo me faça em pedaços?

— Vá em paz. Mas não se meta mais comigo. Largue-o, Akela.

Buldeo saiu dali cambaleando. De vez em quando, voltava o rosto sobre os ombros para verificar se Mogli não tinha se transformado em algum monstro feroz. Quando chegou à aldeia, contou apavorado uma história de feitiçaria e encantamento que deixou o sacerdote apreensivo.

Mogli continuou com seu trabalho, como se nada tivesse acontecido. Logo que o concluiu, disse:

— Agora temos que esconder essa pele e conduzir os búfalos de volta à aldeia. Ajude-me a recolhê-los, Akela.

O rebanho foi reunido e, quando chegou à aldeia, as luzes estavam acesas. Os sinos tocavam, e metade da população o esperava nas portas. *Deve ser uma homenagem a mim, por ter matado Shere Khan*, pensou ele. Mas uma chuva de pedras lançadas na sua direção o fez perceber que não era isso.

— Feiticeiro! Lobisomem! Fora! Fora! Para longe daqui ou o sacerdote vai te transformar em lobo outra vez. Atira, Buldeo! Atira!

Que história é essa?, pensou Mogli, assustado com as pedras e os gritos.

— Não me parecem muito diferentes dos habitantes da alcateia, esses seus irmãos homens — disse Akela, sentando-se calmamente sobre as patas traseiras. — Parece que estão expulsando você do povoado.

— Lobo! Lobisomem! Fora! Fora! — gritava o sacerdote, sacudindo no ar um ramo de *tulsi*, a planta sagrada.

— Outra vez? — exclamou Mogli. — Na primeira me xingaram de homem. Agora me xingam de lobo. Vamos embora daqui, Akela.

Uma mulher correu em sua direção, gritando:

— Ah, meu filho, meu filho! Eles dizem que você é um feiticeiro que sabe se transformar em fera quando quer. Não acredito nisso, mas fuja daqui antes que te peguem. Buldeo diz que você é um mago, mas eu sei que você vingou a morte do meu Nathoo.

— Para trás, Messua! — urrou a multidão.

Mogli fez uma careta. Uma pedra o havia atingido na boca.

— Volta para trás, Messua — gritou ele. — O que eles dizem não passa de mais uma dessas histórias idiotas que costumam contar debaixo da figueira grande. Vinguei seu filho, é isso. Adeus. Volta depressa, porque vou arremessar meus búfalos contra essa macacada. Não sou mago coisa nenhuma, Messua. Acredite. Adeus!

Em seguida, gritou para Akela:

— Faça com que os búfalos entrem.

Os búfalos estavam ansiosos para entrar; não foi preciso que Akela fizesse muito para que o rebanho se atirasse contra as portas, espalhando com violência a multidão de apedrejadores.

— Vamos contar os búfalos — berrou Mogli, com desprezo — para que mais tarde não me acusem de ter escondido algum. Não vou guardar mais esse rebanho. Agradeçam à Messua, homens. É só por amor a ela que não vou invadir a aldeia com os meus lobos, para caçar todos vocês nas ruas.

Depois desse desabafo, Mogli tomou o caminho da selva, seguido dos dois amigos. Olhava as estrelas e se sentia imensamente feliz.

— Não vou mais dormir em armadilhas, Akela. Tenho as estrelas por teto outra vez!... Vamos agora apanhar a pele de Shere Khan. Não, nunca vamos causar danos à aldeia, pois Messua foi boa para mim.

Quando a lua se ergueu no alto, dando a tudo um tom leitoso, os habitantes da aldeia viram, horrorizados, Mogli seguir o caminho até a selva em passo apressado, com os dois lobos à sua volta e a pele do tigre sobre a cabeça. Ressoaram os sinos do templo e os gongos com ainda mais fúria do que antes. Messua chorava, enquanto Buldeo bordava a história da sua aventura, inventando que o lobo que o atacara tinha falado igual um homem.

A lua já descia quando Mogli e os dois lobos alcançaram a Rocha do Conselho. O menino se dirigiu para a caverna de Mãe Loba.

— Fui expulso da alcateia dos homens, mãe — gritou ele ao chegar —, e aqui estou com a pele de Shere Khan, para cumprir minha palavra.

Mãe Loba, rodeada dos seus lobinhos, apareceu na entrada da caverna. Seus olhos chisparam ao ver a pele do tigre.

— Bem que eu disse a Shere Khan, no dia em que tentou entrar nessa caverna, que o caçador seria caçado! Muito bem, Mogli!

— Muito bem, irmãozinho! — rosnou, do lado de fora, uma voz. — Ficamos tão solitários na selva, sem você... — completou Baguera, que veio, num salto, juntar-se ao grupo.

Dali se dirigiram à Rocha do Conselho, e Mogli estendeu a pele do tigre sobre a pedra plana onde Akela costumava se sentar. Fixou-a com quatro varas de bambu e fez o velho Lobo Solitário pular em cima para desferir o grito de convocação do Conselho, "Olhem bem, lobos!", exatamente como no dia da sua apresentação.

Desde o tempo em que o Lobo Solitário se viu deposto, a alcateia ficou sem chefe, e cada um caçava e lutava como bem entendia. Apesar disso, todos os lobos, por força do hábito, atenderam ao chamado e foram se aproximando. Uns estavam machucados por terem caído em armadilhas e muitos tinham desaparecido. Mas os que restavam vieram, e viram a pele de Shere Khan estendida sobre a pedra. Mogli, então, improvisou um canto sem rimas que saiu espontâneo da sua boca. Akela ia marcando o compasso com uivos à lua.

— Olhem, lobos. Cumpri minha palavra ou não? — gritou Mogli, ao terminar. E os lobos uivaram:

— Sim.

Um deles avançou e disse:

— Lidere a alcateia de novo, Akela. Estamos fartos dessa vida desregrada; queremos voltar a ser o povo livre de antes. Lidere você também, filhote de homem.

— Não! — protestou Baguera. — Nunca! Assim que vocês estiverem de estômago cheio, a loucura e o desrespeito surgirão de novo. Não é à toa que são chamados de povo livre. Já lutaram pela liberdade absoluta e a conquistaram. Agora aproveitem, lobos!

— A alcateia dos lobos e a alcateia dos homens me expulsaram — disse Mogli. — De agora em diante, caçarei sozinho na selva.

— E nós, com você! — uivaram os quatro lobinhos de Mãe Loba.

E foi assim que Mogli passou a viver solitário, em companhia apenas dos quatro lobinhos.

A SELVA SE ESTENDE

Vocês devem estar lembrados que, após estender a pele de Shere Khan sobre a Rocha do Conselho, Mogli declarou aos lobos da alcateia de Seoni que dali por diante caçaria sozinho, e os quatro filhotes de Mãe Loba disseram que queriam caçar com ele. Mas não se muda uma vida de uma hora para outra, ainda mais na selva. A primeira coisa que Mogli fez, quando a alcateia se dispersou, foi se abrigar na caverna dos seus amigos lobos e dormir durante todo um dia e toda uma noite. Ao despertar, contou a eles o que podiam entender das suas aventuras entre os homens. Falaram em seguida Akela e o Lobo Cinzento, que explicaram sua parte na condução dos búfalos pela encosta adentro. Balu subiu o morro para ouvir a história. Baguera também, e ficou encantado ao saber das manobras de Mogli na guerra contra Shere Khan.

O sol já ia alto, e ninguém pensava em dormir.

— Se não fosse por Akela e o irmão Cinzento, eu não teria conseguido fazer nada — concluiu Mogli. — Oh, mãe! Se tivesse visto o rebanho de búfalos correndo pela encosta e indo contra a aldeia quando os homens me apedrejaram...

— Felizmente não vi — respondeu Mãe Loba. — Não suportaria ver meus filhos tratados como chacais. Teria jurado vingança contra a alcateia dos homens, poupando apenas a mulher que te deu leite. Sim, só pouparia ela.

— Paz, paz, Raksha! — murmurou Pai Lobo, lentamente. — Nossa Rãzinha voltou e veio tão cheia de sabedoria que até seu pai lobo tem que beijar os seus pés. Fiquem os homens lá com os homens.

Balu e Baguera ecoaram essas palavras:

— Fiquem os homens lá com os homens.

Mogli sorria, satisfeito, com a cabeça sobre o corpo de Mãe Loba. De sua parte, só desejava nunca mais ver, ouvir ou cheirar uma criatura humana.

— E se os homens vierem à sua procura, irmãozinho? — perguntou Akela, movendo uma orelha.

— Somos cinco — rosnou o Lobo Cinzento, correndo os olhos pelo grupo e batendo os dentes na palavra cinco.

— Temos que esperar e ver se irão revidar — observou Baguera, com um ondular de cauda, pondo os olhos em Balu. — Mas para que pensar nos homens agora, Akela?

— Por uma razão muito simples — respondeu o Lobo Solitário. — Depois que a pele daquele ladrão rajado foi estendida sobre a Rocha do Conselho, voltei à aldeia pelo caminho por onde viemos, para desfazer as nossas pegadas e assim despistar quem as quisesse seguir. Estava no fim do trabalho quando Mang, o Morcego, surgiu à minha frente, pendurado num ramo. "A aldeia de onde os homens expulsaram Mogli está zumbindo que nem um vespeiro", disse ele.

— Isso foi por causa de uma grande pedra que eu atirei — gargalhou Mogli, que muitas vezes se divertia em atirar pedras nos vespeiros, fugindo para mergulhar na lagoa mais próxima, antes que as vespas o alcançassem.

Akela continuou:

— Perguntei a Mang o que vira por lá. Respondeu que a flor vermelha havia desabrochado nas portas da aldeia, com homens armados de espingardas ao redor dela. Ora, eu sei que os homens não pegam nas espingardas pelo simples prazer de carregá-las — disse, olhando para as velhas cicatrizes que tinha num dos lados do corpo. — Homens armados devem, agora mesmo, estar procurando o nosso rastro, se é que já não o acharam.

— Mas por quê? — exclamou o menino, num ímpeto de raiva. — Os homens me expulsaram de lá. Que mais querem comigo? Que pretendem?

— Você é homem, irmãozinho. Não cabe a nós, caçadores livres, dizer o que os seus irmãos homens pretendem — disse Akela.

A faca de Mogli brilhou no ar, rápida como o relâmpago. Mais rápido ainda o velho lobo dela se desvencilhou com a pata, fazendo com que o golpe falhasse e a lâmina se enterrasse no chão. Akela era lobo e, se até os cães, degenerados pelo afastamento dos lobos, despertam do mais profundo sono ao primeiro e mais leve contato de uma roda de carro, fugindo antes que a roda os pegue, não seria um lobo quem iria receber o golpe do menino.

— Da próxima vez — disse Mogli, já calmo e colocando a faca na bainha —, não me misture com os homens. Quando você falar da alcateia dos homens, pense duas vezes, não só uma, antes de me incluir nela.

— Nossa! Que dente! — murmurou Akela, examinando o corte que a faca abrira no chão. — Mas o fato de você ter vivido entre os homens, irmãozinho, parece que enfraqueceu a rapidez do seu olhar. Falhou no golpe e, mesmo velho como estou, afirmo que teria matado um cervo no espaço de tempo que você gastou com o golpe em falso.

Subitamente, Baguera saltou de pé, com a cabeça esticada e os músculos retesados. Farejava o ar. O Lobo Cinzento o imitou. Ficou parado, à esquerda da pantera, sentindo no focinho o vento suave que vinha da direita. Akela, que tinha saltado para longe dali, também farejava, agachado.

Mogli encheu-se de inveja. Podia farejar melhor do que qualquer outra criatura humana, mas estava longe da extrema sensibilidade do olfato dos filhos da selva, pois os três meses passados na aldeia fumacenta o atrapalharam bastante. Mesmo assim molhou o dedo, esfregou-o no nariz e ficou na ponta dos pés, para farejar o cheiro de um lugar mais alto. O cheiro que é apanhado no alto é o mais seguro, embora seja o mais fraco.

— Homem! — rosnou Akela, sentando-se sobre as patas traseiras.

— Buldeo! — completou Mogli, sentando-se também. — Está seguindo os nossos rastros e o sol se reflete na sua espingarda. Notem.

Referia-se a um pequeno reflexo de luz que, numa fração de segundo, brilhou no gatilho de bronze da velha espingarda *Tower* de Buldeo. Mas nada na selva tem um reflexo desses, salvo quando as nuvens soltam faíscas no céu. Então, um fragmento qualquer de pedra, uma poça d'água ou até mesmo uma folha lustrosa cintilam como um espelho.

— Eu sabia que os homens iam nos seguir — exclamou Akela, com vaidade. — Não foi à toa que alcancei a chefia da alcateia.

Os quatro filhotes de lobo não disseram nada, mas se esgueiraram morro abaixo, sumindo nos arbustos.

Mogli gritou:

— Para onde vocês vão, assim sem ordem?

— Ora essa! — responderam eles, de longe. — Vamos caçar o caçador!

— Para trás! Para trás! Homem não caça homem — gritou Mogli.

— Homem? — disse com ironia Akela, enquanto os lobinhos voltavam de cabeça baixa. — Homem? Quem insistia agora mesmo que era apenas um lobo? Quem me lançou um golpe de faca só porque o misturei com os homens?

— Não vou dar explicações sobre o que decidi! — gritou Mogli, irritado.

— Homem! Homem! Assim falam os homens! — sussurrou Baguera por entre seus bigodes. — Assim falavam os homens que vi ao redor das jaulas reais em Udaipur. Nós, da selva, sabemos que o homem é o mais sábio de todos os seres. Mas, segundo as nossas observações, é também o mais louco.

Depois concluiu, erguendo a voz:

— O filhote de homem tem razão. Os homens caçam em bando. Atacar só um, isolado, sem saber o que os outros farão depois, é mau negócio. Venham todos. Vejamos o que esse homem quer de nós.

— Ficaremos aqui — rosnou o Lobo Cinzento. — Mogli que cace sozinho. Nós nos entendemos.

Com os olhos cheios de lágrimas e o coração pesado, Mogli correu adiante dos lobos, depois, caindo sobre um dos joelhos, disse a eles:

— Então eu não sei o que faço? Vamos, olhem para mim, nos olhos!

Os lobos o olharam nos olhos, constrangidos, e logo desviaram a cabeça; Mogli insistiu para que o olhassem de novo, e mais, e mais, até que eles, dominados pela força do seu olhar, sentiram os pelos se arrepiarem e tremeram sobre as patas, como se estivessem hipnotizados.

— Digam-me agora: qual entre nós cinco é o chefe?

— Você, irmãozinho — respondeu o Lobo Cinzento, lambendo seus pés.

— Sigam-me, então — ordenou Mogli, e os quatro o seguiram, com o rabo entre as patas.

— Ele se comporta assim porque viveu na alcateia dos homens — observou Baguera, esgueirando-se atrás deles. — Temos aqui, a partir de agora, uma coisa acima da lei da selva, Balu!

O velho urso não disse nada; estava profundamente pensativo.

Mogli cortou a floresta em silêncio, por atalhos, até alcançar o velho caçador de espingarda ao ombro. Buldeo seguia as pegadas do rastro em passinhos de cachorro.

Os leitores se lembram de que Mogli havia deixado a aldeia com a pesada carga da pele de Shere Khan nas costas, seguido de Akela e do Lobo Cinzento; por isso, um rastro triplo ficara impresso no chão.

Buldeo acabava de chegar ao ponto em que Akela desmanchara essa pista. Sentou-se, tossiu, resmungou; e depois deu umas voltas, para ver se encontrava de novo as pegadas. Durante todo esse tempo, esteve à distância de uma pedrada dos seus inimigos. Nada mais silencioso do que um lobo que procura não ser ouvido; quanto a Mogli, movia-se igual a uma sombra, embora seus companheiros achassem que ele se movia fazendo muito barulho. Assim, rodearam o velho caçador como um bando de baleias rodeia o navio que vai a toda velocidade e, enquanto o rodeavam, conversavam despreocupadamente, pois o tom de suas vozes estava em um nível baixo demais para que ouvidos humanos pudessem ouvi-los.

— Isso é melhor que qualquer caçada — disse o Lobo Cinzento, divertido, vendo Buldeo se abaixar, examinar o chão e xingar. — Parece um porco perdido na floresta. O que ele está dizendo?

Buldeo resmungava sem parar. Mogli traduzia.

— Diz que bandos de lobos devem ter dançado ao meu redor. Diz que nunca em sua vida encontrou rastros como estes. Que está cansado.

— Descansará antes que encontre de novo a pista — murmurou com frieza a pantera, ao se esconder atrás de um tronco, no jogo de cabra-cega que brincavam. — E agora, o que ele está fazendo?

— Comendo e soltando fumaça pela boca. Os homens sempre estão brincando com a boca — respondeu Mogli.

Os cautelosos perseguidores do caçador, vendo-o encher e acender o cachimbo, do qual tirou longas baforadas, fixaram na memória o cheiro do tabaco, para que pudessem identificar a pessoa de Buldeo dentro da noite mais escura, se fosse necessário.

Nesse momento, um grupo de trabalhadores de carvoarias, que passava por perto, veio conversar com Buldeo, que tinha a fama de ser um caçador notável espalhada num raio de mais de trinta quilômetros. Sentaram-se todos, fumando, sob os olhos atentos de Baguera e dos lobos, e Buldeo contou toda a história de Mogli, com acréscimos de pura invenção. Contou como ele, Buldeo, havia matado Shere Khan e como o menino se transformara em lobo e lutara com ele toda a tarde. Contou também que o povo havia prendido Messua e seu marido, os pais.

— O que ele está dizendo? O que ele está dizendo? — repetiam os lobos a cada passo, e Mogli ia traduzindo tudo o que podia entender. Disse que estavam presos na aldeia a mulher e o homem que o haviam ajudado.

— Homens prendem homens? — indagou Baguera.

— Assim conta Buldeo. Não estou entendendo muito bem a conversa. Parecem loucos, todos eles. Que fizeram Messua e seu marido para que mereçam a prisão? Tenho que impedir que isso aconteça. Mas o que quer que queiram fazer com Messua, não o farão antes do regresso de Buldeo. Sendo assim...

Mogli tentava bolar uma ideia. Estava de testa franzida, com a mão no punho da faca. Enquanto isso, os carvoeiros se levantaram e seguiram Buldeo, em fila.

— Vou até a alcateia dos homens. — Resolveu Mogli por fim.

— E esses homens? — perguntou o Lobo Cinzento, com olhos furiosos mirando a fila dos carvoeiros.

— Desviem-nos do caminho certo — respondeu Mogli, com uma careta. — Não quero que cheguem às portas da aldeia antes da noite. Será que vocês podem atrapalhá-los?

O Lobo Cinzento arreganhou os dentes com desprezo.

— Podemos fazê-los andar a noite inteira em círculos, como cabras na corda. Conheço os homens.

— Não é preciso tanto. Basta que os atrapalhem por algum tempo antes que tomem a estrada. Não creio que para isso seja necessário grande esforço, irmão Cinzento. E você, Baguera, ajudará no trabalho. Quando a noite cair, esperem por mim perto da aldeia. O irmão Cinzento conhece o lugar.

— Não é fácil trabalhar para o filhote de homem. Quando tirarei a minha soneca? — perguntou Baguera num bocejo, embora seus olhos demonstrassem como estava animado com aquela oportunidade de se divertir.
— Eu, a Pantera Negra, feito comparsa de um homenzinho! Mas vamos lá.

Para começar, a pantera baixou a cabeça, para que o som ecoasse ainda mais longe, e soltou o grito de "Boa caçada!", grito da meia-noite soltado à tardinha, aterrorizante. Mogli ouviu o grito se erguer, ecoar e morrer, transformado numa espécie de uivo lamentoso atrás de si. Isso porque, com a pressa que tinha, já estava longe do grupo. Percebeu que os carvoeiros se juntavam em grupo e que, em torno deles, rondava Buldeo, erguendo e baixando a espingarda igual a uma folha de bananeira se mexendo com o vento. Então o Lobo Cinzento soltou o seu grito de caça, de quando a alcateia persegue *nilgó*, o grande antílope cinzento, e esse uivo parecia vir das profundezas da Terra. Os demais lobos espalhados pela selva responderam em coro, e Mogli percebeu que toda a alcateia uivava em uníssono o canto da madrugada, com todos os tons que as gargantas dos lobos sabem fazer.

Nada pode dar uma ideia do que foi esse canto nem do uivo em coro que os quatro amigos de Mogli soltaram, como um refrão, de tempo em tempo. De longe, o menino ouviu estalarem galhos. Eram os homens de Buldeo, que trepavam nas árvores, enquanto o velho caçador repetia as palavras mágicas que o brâmane lhe ensinara. Então eles se deitaram e dormiram, porque, como todos os que vivem de seu próprio esforço, encaravam as coisas metodicamente: ninguém pode trabalhar bem sem dormir.

Enquanto isso, Mogli caminhava a passos largos encantado por se ver tão ágil, apesar dos duros meses passados entre os homens. Uma única ideia o absorvia: arrancar Messua e o marido da prisão em que estavam, qualquer que fosse ela, pois Mogli detestava qualquer tipo de prisão. Depois, acertaria as contas com a gente da aldeia.

Amanhecia quando chegou aos campos cultivados e viu a *dhak*, árvore debaixo da qual o Lobo Cinzento esperara por ele, no dia da morte de Shere Khan. Irritado como estava com a alcateia dos homens, algo lhe apertou a garganta ao avistar os primeiros tetos do vilarejo. Notou que todos os habitantes haviam voltado dos campos mais cedo e que, em vez de estarem nas suas ocupações normais, preparando-se para a ceia de costume, estavam reunidos sob a figueira, muito animados, num bate-boca sem fim.

Os homens só se sentem satisfeitos quando armam cilada para outros homens, pensou Mogli. *A noite passada era para mim. Hoje é para Messua e seu marido. Amanhã e por muitas noites ainda será para mim outra vez.*

Esgueirou-se ao longo do muro que circundava a aldeia até ficar de frente para a janela da casinha de Messua. Espiou para ver lá dentro. Lá estava ela, amarrada pelos pés e mãos. Ao seu lado, o marido, atado aos pés da cama. A porta da casinha, que abria para a rua, estava trancada e três ou quatro homens estavam sentados ali, de costas para ela.

Mogli conhecia muito bem os costumes e hábitos daquela gente. Sabia que, enquanto pudessem comer, conversar e fumar, não fariam outra coisa, mas que, logo depois de terem comido, conversado e fumado, tornavam-se perigosos. Buldeo, mais cedo ou mais tarde, chegaria, e teria uma nova história muito interessante para contar. Assim refletindo, Mogli entrou pela janela e, aproximando-se dos prisioneiros, cortou as cordas que os prendiam, soltando-os, e olhou ao redor à procura de leite.

Messua estava apavorada com a dor, pois havia sido amarrada desde manhã, e Mogli pôs a mão sobre sua boca a tempo de impedi-la de gritar. Seu marido, que estava fraco, logo se sentou.

— Eu sabia... eu sabia que ele voltaria — soluçou Messua, por fim. — Agora já não tenho dúvida de que é meu filho — e abraçou Mogli bem junto ao coração. O menino, até ali perfeitamente dono de si, começou a tremer, o que muito o surpreendeu.

— Para que todas essas cordas? Por que amarraram vocês dois? — perguntou, após uma breve pausa.

Messua nada respondeu, e Mogli fixou os olhos em suas feridas, rangendo os dentes.

— Que é isso, afinal?

— Oh! Isto é uma conspiração de toda a aldeia — respondeu o homem. — Eu era muito rico, possuía muito gado. Por isso, fomos acusados de feitiçaria, sob o pretexto de havermos dado abrigo para você.

— Não entendo — disse Mogli. — Deixe que Messua me explique.

— Dei leite para você, Nathoo, lembra? — começou Messua, timidamente. — Porque era meu filho, o filho que o tigre me tomou, e porque eu te amava de todo o coração. Eles me acusaram de ser mãe de um rebelde e disseram que, por isso, merecia ser presa.

— O que é rebelde? — perguntou Mogli.

O homem o olhou com tristeza, mas Messua sorriu.

— Veja! — exclamou ela para o marido. — Eu sabia... eu sabia que ele não era feiticeiro. Apenas meu filho... meu filho.

— Filho ou feiticeiro, de que nos adianta? — respondeu o homem. — Vão nos pegar.

— O caminho da selva está livre — disse Mogli, apontando para a janela aberta — e vocês têm as mãos e os pés soltos. Fujam!

— Nós não conhecemos a selva, meu filho, como... como você conhece — começou Messua. — Não creio que possamos ir muito longe.

— E os homens e as mulheres iriam atrás de nós, e nos arrastariam para cá de novo — disse o marido.

— Hum! — murmurou Mogli, batendo com a palma da mão no cabo da faca. — Eu não quero fazer nenhum mal à gente daqui, *por enquanto*. Mas não creio que vão atrás de vocês. Logo terão muito a refletir quanto a tudo isso. Ah! — exclamou com a cabeça erguida, ouvindo um tumulto que começara do lado de fora. — No fim das contas, eles não conseguiram impedir que Buldeo viesse...

— Buldeo foi mandado esta manhã à sua procura, para pegá-lo — disse Messua. — Não o viu por lá?

— Sim, eu o encontrei. Buldeo tem uma história nova para contar e, enquanto a conta, teremos tempo para tudo. Mas, antes de mais nada, preciso saber como pretendem agir. Pensem bem e me chamem quando decidirem.

Mogli assim disse e saltou pela janela, esgueirando-se ao longo do muro da aldeia, por fora, até chegar à figueira das reuniões, onde a barulheira era intensa. Dali ouviria tudo. Buldeo estava sentado, tossindo e resmungando, dentro do tumulto de perguntas que lhe eram feitas. Seus cabelos caíam sobre os ombros; suas mãos e pernas estavam arranhadas de espinhos. Sentia dificuldade em falar, mas percebia nitidamente a importância da sua posição. De tempo em tempo, murmurava alguma coisa sobre as criaturas – criaturas que cantavam e os encantamentos maravilhosos – para criar na multidão uma expectativa do que pretendia narrar. Depois, pediu água.

— Bah! — exclamou Mogli. — Conversa fiada, só falação. Os homens são irmãos de sangue dos *bandar-log*. Agora ele quer lavar a boca com água, depois vai querer fumar, e depois de tudo isso ainda vai ter a sua história para contar. São um povo muito sensato, os homens! Deixarão Messua sem guarda, enquanto durarem as mentiras de Buldeo. E... parece que fiquei tão lerdo quanto eles!

Mogli se sacudiu e voltou rápido à casinha de Messua. Ao alcançar a janela, sentiu tocarem-lhe nos pés.

— Mãe Loba, o que faz aqui?

— Ouvi meus filhos cantarem o canto da madrugada, longe, na floresta, e vim atrás do que mais amo. Rãzinha, quero conhecer a mulher que te deu leite — concluiu Mãe Loba, toda brilhante de gotas de orvalho.

— Eles a amarraram. Cortei as cordas que a prendiam, e agora vai com o seu marido para a selva.

— Vou acompanhá-los. Estou velha, mas ainda tenho dentes — disse Mãe Loba, ajeitando-se no muro para melhor espiar dentro da casinha.

Num segundo, parou, e tudo o que disse foi:

— Eu dei para você o primeiro leite, mas Baguera tem razão. O homem volta ao homem, no fim.

— Pode ser — concordou Mogli, de má vontade. — Esta noite ou muito longe disso. Espere aí, não deixe que ela a veja.

— Você nunca teve medo de mim, Rãzinha — observou Mãe Loba voltando a mergulhar nas ervas altas, como os lobos sabem fazer.

— Agora — falou Mogli para Messua, entrando de novo na casinha — todos estão em volta de Buldeo que conta o que não houve. Logo que a tagarelice acabar, virão para cá, em tumulto. E então?

— Já conversei com o meu marido — disse Messua. — Khanhiwara fica a quarenta e oito quilômetros daqui, mas em Khanhiwara estão os ingleses...

— A que alcateia pertencem?

— Não sei. Os ingleses têm a pele branca e dizem que governam este país inteiro. Se conseguirmos chegar até lá, estaremos salvos.

— Salvem-se, então. Nenhum homem sairá da aldeia esta noite. Mas... o que ele está fazendo? — perguntou Mogli, ao ver o marido de Messua escavar a terra a um canto da cabana.

— Ele tem um pouco de dinheiro escondido. É tudo o que podemos levar — respondeu Messua.

— Ah, sim. Essas rodelinhas que correm de mão em mão e nunca se esquentam. Vocês as usam fora da aldeia também?

O homem olhou enfurecido para o menino.

— Ele é apenas um bobo — murmurou. — Com esse dinheiro comprarei um cavalo. Estamos muito machucados para uma jornada a pé; além disso, o povo seguiria os nossos rastros dentro de uma hora.

— Fiquem sossegados, pois ninguém os seguirá, a menos que eu permita; mas a ideia do cavalo é boa, pois Messua está cansada — disse Mogli.

O homem se levantou e amarrou todo o dinheiro que tinha em torno da cinta, enquanto Mogli ajudava Messua a pular a janela. O frescor da noite logo a reanimou, embora a selva, ao longe, sob as estrelas, lhe parecesse terrível.

— Conhecem o caminho de Khanhiwara? — sussurrou Mogli. Ambos fizeram que sim com a cabeça.

— Nada de medo, então, e nada de pressa. Ouvirão por algum tempo o canto da selva. Não se assustem com isso.

— Acha que arriscaríamos entrar à noite na selva, a não ser pelo medo de nos prenderem novamente? — disse o marido de Messua.

Messua, porém, olhou para Mogli e sorriu.

— Eu garanto — prosseguiu Mogli, como se fosse Balu falando com filhotes ingênuos — que nenhum dente na floresta se arreganhará contra vocês, nenhuma pata se erguerá contra vocês. Nenhum animal nem homem, vai detê-los durante a jornada para Khanhiwara. Serão protegidos.

Depois, voltando-se para Messua:

— Ele não acredita, mas você sabe que é verdade, não é?

— Mas é claro, meu filho. Homem, fantasma ou lobo da floresta, eu acredito em você.

— Ele ficará apavorado quando ouvir o canto da selva, o canto do meu povo. Você, não; você compreenderá tudo. Vão agora, e devagar; nada de pressa. As portas da aldeia estão fechadas.

Messua se lançou soluçante aos pés de Mogli que a ergueu com um tremor no corpo. Então ela se pendurou ao pescoço dele e disse todos os nomes de bênçãos que sabia. Enquanto isso, seu marido olhava rancorosamente para os campos, resmungando:

— Se eu chegar em Khanhiwara e puder ser ouvido pelos ingleses, vou propor uma ação judicial contra essa gente, o brâmane, o velho Buldeo e os outros. Eles vão pagar em dobro as colheitas e rebanhos que vou abandonar. Terei minha justiça.

Mogli sorriu.

— Não sei o que é justiça, mas, se voltar na próxima estação chuvosa, verá o que resta da aldeia...

Saíram rumo à floresta, e Mãe Loba surgiu do seu esconderijo.

— Siga-os — pediu Mogli — e faça com que toda a selva saiba que eles têm permissão para passar. Vai espalhando a notícia. Agora vou chamar Baguera.

O grito de apelo à pantera soou, fazendo o marido da Messua estremecer e parar, indeciso.

— Adiante! — gritou Mogli, com alegria. — Lembre-se de que falei de umas cantorias. Esse grito vai se repetir até Khanhiwara. É a palavra de passe da selva.

Messua impeliu seu marido para a frente, ao mesmo tempo em que Mãe Loba e Baguera surgiam quase sob os pés de Mogli, trêmulos com a beleza da noite que agita os animais da selva.

— Estou com vergonha dos seus irmãos lobos — disse Baguera.

— Por quê? Não atrapalharam Buldeo? Não fizeram bem o serviço? — admirou-se Mogli.

— Muito bem, bem demais. Fizeram-me até perder o orgulho e sair cantando pela selva como se a primavera tivesse chegado. Não me ouviu?

— Estava muito preocupado com outras coisas. Mas pergunte para Buldeo se ele ouviu o seu canto... Onde estão os quatro? Não quero que ninguém saia da aldeia esta noite, ouviu?

— Por que precisa dos quatro? — perguntou Baguera se agitando de um lado para outro, olhos em fogo, o ronrom cada vez mais alto. — Eu dou conta deles todos sozinho, irmão. Haverá briga no fim. Você é da selva e você não é da selva — murmurou Baguera por fim. — Já eu, não passo de uma simples pantera negra. Mas tenho amor por você, irmãozinho.

— Eles estão numa conversa muito comprida sob a figueira — observou Mogli, mudando de assunto. — Buldeo conta histórias. Logo irão procurar a mulher e o marido dela, onde os prenderam e encontrarão o local vazio. Ah-ah!

— Agora ouça — disse Baguera. — Deixe-me ir e esperá-los lá. Poucos sairão de sua casa depois de me encontrarem. Não seria para mim a primeira vez que fico dentro de uma jaula, e não creio que dessa vez me amarrariam com cordas.

— Seja cuidadoso — aconselhou Mogli, rindo e já tão inquieto como a pantera, que se esgueirou para dentro da casa.

— Bah! — rosnou Baguera. — Esse lugar cheira a criaturas humanas, mas aqui vejo uma cama parecida com uma que tive nas jaulas do rei, em Udaipur. Vou me deitar nela... — e Mogli ouviu a cama ranger sob o peso da pantera. — Pelo ferrolho que quebrei — continuou Baguera —, eles vão pensar que me apanharam! Aproxime-se e sente-se ao meu lado, irmãozinho. Nós lhes daremos "Boa caçada!" juntos.

— Não, tenho outra ideia. A alcateia dos homens de modo algum deve saber que tomei parte nesse jogo. Faça o que quiser, mas eu não quero vê-los mais.

— Assim seja — disse Baguera. — Ah, lá vêm eles!

A conversa sob a figueira tinha terminado. Entre gritos furiosos, uma onda de homens e mulheres, agitando facas, foices e paus, seguia pelas ruas. Buldeo e o brâmane vinham na frente. A multidão seguia-os gritando:

— Veremos se irão confessar! Tochas! Mais tochas! Buldeo, prepare a espingarda!

Ao chegarem na casa de Messua, tiveram problemas com a porta que tinha sido trancada por dentro. Eles, porém, a despedaçaram, e a luz das tochas invadiu o quarto onde, esticado na cama, escura como a noite, Baguera os esperava. Houve meio minuto de apavorado silêncio, enquanto os da primeira fila forçaram o recuo para fora e, nesse meio minuto, Baguera ergueu a cabeça e soltou um bocejo exagerado, que tinha planejado muito bem, como os bocejos que abria quando queria insultar alguém da sua espécie. Sua enorme boca negra se arreganhou para trás e para cima, ao mesmo tempo que a língua vermelha se esticava; o maxilar inferior se abriu até mostrar o fundo da garganta; e os dentes muito brancos se abriram lentamente para depois se fecharem de uma vez, num som metálico que parecia o de uma porta de cofre.

A rua ficara deserta. Baguera, que tinha saltado pela janela e permanecia ao lado de Mogli, viu ao longe uma multidão de criaturas tomadas de pânico, atropelando-se na pressa de chegarem até as suas casas.

— Eles não vão aparecer mais, até o sol romper — previu Baguera. — E agora?

Um silêncio como o da hora do descanso havia tomado a aldeia, mas Mogli percebeu que, dentro das casas, caixas e outros móveis pesados eram arrastados atrás das portas. Baguera tinha razão. Ninguém apareceria antes do nascer do sol. Mogli se sentou, calado e pensativo, com o rosto sombrio.

— O que foi que eu fiz? — indagou Baguera, fazendo carinho nos seus pés.

— Nada de mau. Agora vá proteger os meus fugitivos até que o sol rompa. Vou dormir — disse Mogli, e correu para a selva, onde, caindo pesadamente sobre uma pedra, dormiu toda a noite e todo o dia seguinte.

Quando acordou, Baguera estava ao seu lado, com o cervo que acabara de abater. A pantera acompanhou, com curiosidade, o trabalho da faca de

Mogli, lidando com a caça. O rapaz comeu e bebeu; depois se sentou, o queixo apoiado nas mãos.

— O homem e a mulher chegaram sãos e salvos aos arredores de Khanhiwara — informou Baguera. — Sua Mãe Loba mandou a notícia por Chil, o gavião. Antes da meia-noite, conseguiram um cavalo e seguiram rápido. Não correu tudo bem?

— Muito bem — confirmou Mogli.

— E os seus homens da aldeia não se mexeram a noite inteira. Só depois que o sol rompeu é que puseram o nariz para fora das casas.

— Por acaso não viram você?

— Com certeza viram. Pela manhã, eu ainda estava me revirando no chão, na entrada da aldeia. Agora, irmãozinho, não há mais nada a fazer. Vem caçar comigo e com Balu. Balu tem novas colmeias para você, e na selva todos desejamos sua volta. Desamarre essa cara que até a mim coloca medo. O homem e a mulher não serão presos e tudo corre bem na selva, não é verdade? Vamos esquecer os homens.

— Serão esquecidos... Onde está pastando Hathi?

— Onde tiver vontade. Quem pode saber por onde anda o Silencioso? Mas o que conseguiria Hathi fazer mais do que nós?

— Peça a ele que venha falar comigo, ele e os filhos.

— Irmãozinho, ninguém vai dizendo para Hathi: venha ou vá. Você se esquece de que ele é o senhor da selva e que, antes que a alcateia dos homens mudasse seu pensamento, ele te ensinou as palavras-senhas da floresta.

— Tenho uma palavra-senha que fará Hathi vir. Primeiro, peça a ele que venha se encontrar com Mogli, a Rã, e, se não te der ouvidos, fale para ele sobre o saque dos campos de Bhurtpore.

— O saque dos campos de Bhurtpore — repetiu Baguera duas ou três vezes, para decorar bem a senha. — Já vou. Hathi pode muito bem ficar irritado, mas eu daria uma caçada à lua para conhecer uma senha que ele obedeça.

Baguera partiu e deixou Mogli sozinho. Ele nunca tinha visto um ser humano preso até ver Messua que tinha sido boa para ele e a quem amava tanto quanto detestava o resto do povo da aldeia. Entretanto, por mais que o homem o desagradasse, com as suas mentiras, a sua crueldade e a sua covardia, seu plano era mais simples, embora completo. E Mogli riu para si mesmo ao lembrar que tinha sido uma das histórias de Buldeo, contada sob a figueira, que lhe dera a ideia.

— Era de fato uma palavra-senha — sussurrou Baguera ao regressar. — Os quatro estavam pastando perto do rio e obedeceram a ela como se fossem bois. Olhe! Lá vêm eles!

Hathi e seus três filhos chegaram, como de costume sem barulho, ainda com a lama do rio nas patas. Hathi mastigava, pensativo, os brotos macios de uma folha arrancada com a tromba. Mas cada linha do seu grande corpo mostrava a Baguera que, frente ao filhote de homem, o elefante não era o senhor da selva e sim um ser que tinha medo, encarando outro que não tinha. Seus três filhos balançavam os grandes corpos atrás dele.

Mogli só ergueu a cabeça quando Hathi o saudou com o "Boa caçada!" de costume. Deixou que ficasse por muito tempo balançando o corpo, alternando as patas para descansar; e, quando abriu a boca para falar, dirigiu-se à pantera, não ao elefante.

— Vou contar uma história que ouvi de um dos caçadores que você atropelou ontem — começou Mogli. — É a história de um elefante, velho e sábio, que caiu numa armadilha e foi ferido com um corte muito grande, que ia desde o casco até o dorso, e disso ficou com uma larga cicatriz branca.

Mogli fez uma pausa, depois continuou:

— Os homens vieram tirá-lo da armadilha, mas as cordas que usaram para amarrá-lo se partiram e o elefante escapou, fugindo para longe, e longe ficando até que o ferimento cicatrizasse. Então voltou, muito furioso, às terras desses caçadores, durante a noite. Recordo, agora, que ele tem três filhos. Que aconteceu aos campos desses caçadores, pela época das colheitas, Hathi?

— As colheitas foram recolhidas por mim e pelos meus filhos.

— E a aragem da terra para as novas plantações depois da colheita? — perguntou Mogli.

— Nunca mais se arou aquele chão — respondeu Hathi.

— E o que aconteceu com os homens que viviam dessas plantas que saem do chão?

— Sumiram de lá.

— E as cabanas em que esses homens moravam?

— Nós acabamos com os tetos; o mato, depois, engoliu as paredes.

— E o que mais aconteceu?

— Os campos foram invadidos pela selva, de norte a sul, de leste a oeste, numa área que levo duas noites para percorrer. Foram assim tomadas pela floresta cinco aldeias, e nessas aldeias, em seus campos de cultura e pastos, não existe hoje um só homem que tire alimento da terra. Esse foi o saque dos campos de Bhurtpore que eu e os meus fizemos. Agora pergunto: como a notícia disso chegou ao filhote de homem?

— Um homem me contou tudo, e agora vejo que até Buldeo pode falar a verdade. Foi um trabalho bem-feito, Hathi, mas da segunda vez será melhor, porque o novo saque será dirigido por um homem. Você conhece, Hathi, a alcateia de homens que me expulsou? Gente preguiçosa, insensata e cruel.

— Acabe com eles, então — sugeriu o mais moço dos filhos de Hathi, arrancando um tufo de capim, e sacudindo a terra junto às patas.

Baguera estremeceu e se agachou. Podia compreender aquele plano de eliminar uma aldeia inteira dos olhos dos homens. Era por isso que Mogli mandara buscar Hathi! Só o velho elefante era capaz de conduzir uma coisa dessas.

— Vamos fazer com que eles fujam como os homens dos campos de Bhurtpore, e vamos ter por lá apenas a água das chuvas como único arado e o ruído das gotas caindo sobre as folhas, em vez do ruído das rocas de fiar. Baguera e eu vamos ficar na casa do brâmane, e os cervos vão beber na fonte atrás do templo! Hathi, Hathi, estende a selva até a aldeia, Hathi!

— Mas eu... mas nós não temos questões com a gente dessa aldeia e, se não estivermos movidos pela ira que a grande dor causa, não vamos conseguir destruir as armadilhas de palha e barro onde os homens dormem — respondeu Hathi, hesitante.

— E vocês, elefantes, são os únicos comedores de erva da selva? Traga os outros. Faça com que venham os cervos e javalis e antílopes. Estende a selva até a aldeia, Hathi! Eles que vão para outros lugares, à procura de novos abrigos. Não podem permanecer aqui por mais tempo.

— Ah! — exclamou o elefante. Agora eu entendo. Sua guerra será a nossa guerra. Vamos estender a selva sobre a aldeia, irmãozinho!

Hathi e seus filhos puseram-se em marcha. Baguera ficou de olhos fixos no menino-lobo.

— Pelo ferrolho que me libertou! — rugiu ele, por fim. — Será que você é aquela rânzinha a favor de quem falei no Conselho, há alguns anos? Senhor da selva! Somos filhotes fracos diante de você! Somos galhinhos secos sob o pé que passa! Somos filhotes de cervo que perderam a mãe!

A ideia de Baguera se comparando a um filhote de cervo sem mãe curou Mogli completamente; ele riu e soluçou, e riu e soluçou de novo, até que se atirou na água para acabar com aquele riso. Por muito tempo nadou, mergulhando de vez em quando sob a lua, como a rã que lhe dera o apelido.

A essa hora, Hathi e seus filhos já estavam em marcha silenciosa pelo vale abaixo, longe dali – cada qual numa direção. Ao final de dois dias, pararam para pastar e pastaram na maior calma por toda uma semana. Hathi e seus filhos são como Kaa, a Serpente da Rocha: nunca se apressam antes do momento exato.

A partir daí, e ninguém sabe como isso começou, um rumor de origem desconhecida espalhou-se pela selva: de que, em um certo vale, havia pasto e água muito melhores. Os porcos, que vão ao fim do mundo atrás de melhor alimento, moveram-se antes dos outros, as manadas, brigando pelo caminho; depois, movimentaram-se os cervos e as raposas; os antílopes de peito largo caminharam ao lado dos cervos; os búfalos dos pântanos seguiram a trilha dos antílopes. Muitos animais ficaram para trás, abandonaram ou perderam o interesse pela marcha; a maioria, porém, prosseguiu. Cervos, porcos e antílopes concentravam-se num círculo de cerca de doze quilômetros de raio, enquanto os comedores de carne lutavam nas beiradas. No centro desse círculo ficava a aldeia, rodeada das suas plantações. Aqui e ali, dentro das roças, viam-se homens sentados em banquetas firmadas sobre altas estacas, com a missão de espantar passarinhos e outros depredadores de grãos.

Era noite escura, quando Hathi e seus filhos deixaram a selva e penetraram pelas vigas, das quais arrancaram as estacas das banquetas como se fossem simples talos de milho novo, e os homens que de lá de cima vieram abaixo sentiram nas faces o hálito do elefante. Então o exército de cervos se derramou pelas pastagens da aldeia e pelos campos de cultura, e porcos de focinho duro logo os seguiram, e os que escapavam do cervo não escapavam do porco. De vez em quando, rompiam alarmes: "Os lobos! Os lobos!", e os rebanhos de comedores de ervas corriam desembestados de um canto para outro, pisoteando os campos de centeio e obstruindo as valetas de irrigação.

Então o trabalho de destruição já estava feito. Pela manhã, os habitantes da aldeia viram que suas roças estavam perdidas, o que significava a fome, caso não saíssem dali. Quando os búfalos domésticos, famintos do jejum da noite, foram soltos nos pastos, viram logo que os cervos tinham destruído tudo, e entraram na selva para se misturarem aos búfalos selvagens.

Os camponeses não estavam com ânimo de acender fogueiras nos campos durante a noite, o que permitiu que Hathi e seus filhos viessem completar a obra da véspera. E, quando Hathi completava um trabalho, ele ficava completo para sempre. Os homens da aldeia resolveram viver das sementes de cereais que estavam armazenadas, para assim aguentar até que chegasse o tempo de fazer novas plantações; também trabalhariam como empregados pelas redondezas para sobreviver durante a espera. Mas, enquanto os homens que possuíam reservas de cereais estavam fazendo a conta do que poderiam ganhar com a alta, as presas de Hathi esburacavam as paredes dos celeiros, fazendo com que todo o grão se perdesse.

Quando ficou sabendo do desastre, o brâmane se pronunciou. Disse que tinha rogado aos deuses, sem nenhuma resposta. Que com certeza os aldeões haviam ofendido, nem que fosse sem querer, algum gênio da selva, pois, sem a menor sombra de dúvida, a selva estava contra eles.

Mas é difícil arrancar um camponês de sua terra. Os aldeões ficariam nela enquanto houvesse alimento. Quanto mais os homens se apegavam à aldeia, mais insolentes se faziam os filhotes da selva, reunidos naquelas margens do Waingunga. Os homens solteiros escaparam dali muito antes dos outros, levando para longe a notícia do pavoroso acontecimento. O pequeno comércio que a aldeia mantinha com as povoações próximas foi desaparecendo à medida que os caminhos ficavam intransitáveis. Por fim, o trombetear noturno de Hathi e seus filhos parou de persegui-los: nada mais havia ali que interessasse aos elefantes. As plantações crescidas e as que ainda tinham as sementes em germinação estavam todas arrasadas. O aspecto dos campos não lembrava mais uma terra de cultura, e chegou o tempo em que os camponeses se viram forçados a pedir esmolas aos ingleses de Khanhiwara.

Então, os últimos aldeões se puseram em marcha. Homens, mulheres e crianças, dentro dos aguaceiros quentes da manhã. De vez em quando, voltavam o rosto para o último adeus em direção aos lares perdidos. Logo, a última família, carregada de suas tralhas, atravessou as portas da aldeia em ruína.

— A selva se encarregará de engolir essas armadilhas de barro e palha — murmurou calmamente uma voz. Era a voz de Mogli, com a chuva escorrendo sobre os ombros nus.

— Tudo a seu tempo! — gritou Hathi, ofegante.

Um mês depois, aquele lugar não passava de um montão de ruínas, coberto de macios e verdes brotos de ervas, e, ao final das chuvas, restava apenas a ruidosa selva por toda a área.

A EMBRIAGUEZ DA PRIMAVERA

Depois que a selva invadiu e destruiu a aldeia é que a melhor parte da vida de Mogli começou. Andava com a consciência leve dos que vivem com todas as contas acertadas. Além disso, toda a selva o adorava, embora com uma ponta de medo. O que ele viu ou fez enquanto andou de um povo para outro, sozinho, ou com os seus companheiros de sempre, daria margem para muitas histórias longas como esta.

Pai Lobo e Mãe Loba haviam morrido. Balu envelhecera bastante, e até Baguera, que tinha nervos de aço e músculos de ferro, não passava de uma sombra do que já fora. Akela mudara de cinzento para quase totalmente branco, devido à idade. Mogli caçava para ele. Mas os jovens lobos, os filhos da desfeita alcateia de Seoni, esses prosperavam cada vez mais. Quando atingiram o número de quarenta, fortes, senhores de si, com as vozes potentes e as patas ágeis de lobos de cinco anos, Akela disse a eles que deviam se juntar unidos em uma alcateia, e seguir a lei sob o comando de um chefe, como era de costume na história do povo livre.

Esse não era um caso em que Mogli devesse intervir. Como ele mesmo costumava dizer, já comera frutos azedos e conhecia as árvores de onde eles brotam. Mas quando Fao, filho de Faona, lutou pela chefia da alcateia, de acordo com a lei da selva, e uma vez mais os velhos cantos de convocação começaram a ecoar sob as estrelas, Mogli compareceu à Rocha do Conselho, movido apenas pela saudade. Os dias corriam bons para a caçada e para o sono. Nenhum intruso ousava entrar na floresta ocupada pelo povo de Mogli, que era, como diziam, da alcateia, e os lobos prosperavam, lustrosos e fortes, sempre com numerosos lobinhos trazidos à cerimônia do "Olhem bem, lobos!". Mogli não perdia nenhuma delas, para relembrar a noite em que a Pantera Negra o comprou, o pequeno menino, pelo preço de um touro gordo. O triste apelo de "Olhem, olhem bem, lobos!" deixava seu coração palpitando. Se não fosse por isso, já teria se distanciado da selva, com os quatro companheiros, para provar, tocar, ver e sentir coisas novas.

Dois anos depois, Akela morreu em uma luta, e Mogli havia completado dezessete anos. Parecia mais velho, porque o intenso exercício, a forte alimentação e os banhos frequentes lhe haviam fortalecido e desenvolvido muito acima da idade. Mogli podia ficar pendurado em um galho usando só uma das mãos durante meia hora; podia, ainda, cavalgar os enormes javalis cinzentos que vivem nos pântanos do norte. O povo da selva, que já o temia por sua astúcia, passou a temê-lo também pela força e, quando Mogli passeava pela mata, sua mera aproximação esvaziava os atalhos, mas apesar disso, tinha o olhar sempre bondoso.

Na selva indiana, as estações se sucedem sem transição. Parecem duas apenas: a da seca e a das águas; mas, se observarem com atenção os aguaceiros ou as nuvens de pó, verão que as quatro se diferenciam bastante. Nenhuma é tão maravilhosa como a primavera, que vem revestir a natureza queimada e nua de novas flores e folhas, e animar o verde que sobreviveu aos rigores do inverno, fazendo com que a terra cansada se sinta moça outra vez. E faz tão bem esse trabalho que primavera nenhuma no mundo se compara à indiana.

Um dia chega em que todas as coisas ficam cansadas; até os cheiros do ar parecem velhos e gastos. Isso não pode ser explicado, mas é sentido. Outro dia, e sem que os olhos percebam a mudança, os aromas parecem novos e a pelagem do povo da selva vibra em suas raízes, o pelo do inverno surge macio. Se uma chuva rápida cai, todos os arbustos, árvores, bambus, musgos, e plantas de folhas carnudas despertam com um rumor de crescimento que quase pode ser ouvido, e esse rumor continua, dia e noite, como um som contínuo. Essa é a voz da primavera, vibração especial que não é de abelha, nem de cascata, nem de brisa nas árvores, mas de um felino ronronar da natureza bem aconchegada.

Até aquele ano, Mogli sempre gostara de acompanhar o retorno das estações. Era ele quem, antes de todos, descobria o primeiro olho-da-primavera[5] aberto no fundo das ervas, e quem via as primeiras nuvens da es-

---

5 Olho-da-primavera: pequena flor vermelha, em forma de trombeta, que nasce na relva.

tação – as incomparáveis nuvens da selva. Sua voz era ouvida em todo tipo de lugares úmidos e ricos de pétalas, fazendo coro com as enormes rãs ou imitando com zombaria o pio das corujas nas noites claras. Para ele, como para todos os outros, a primavera era o tempo perfeito para a atividade: correr, pelo simples prazer de correr no ar morno, quarenta ou cinquenta quilômetros, do anoitecer ao amanhecer, e voltar ofegante, rindo e enfeitado de flores raras. Seus quatro companheiros lobos não o seguiam nessas selvagens andanças pela floresta; preferiam ficar uivando cantos com os outros lobos. O povo da selva está constantemente ocupado na primavera; Mogli os via sempre rosnando, uivando, gritando, piando, silvando, conforme a espécie de cada um. Suas vozes ficam diferentes nessa estação e, por isso, a primavera na selva é chamada de "tempo das falas novas".

Mas, naquela estação, o humor de Mogli estava mudado, e Baguera percebera. Desde que os brotos de bambu começaram a ficar coloridos, ele começou a esperar pela manhã em que os cheiros mudam. Quando essa manhã chegou e Mor, o Pavão, todo bronze, azul e dourado, começou a grasnar na mata úmida, Mogli abriu a boca para respondê-lo e as palavras se embaraçaram nos seus dentes; uma sensação de pura tristeza o invadiu da cabeça aos pés, sensação tão forte que o rapaz julgou ter pisado em um espinho. Mor cantava os aromas novos; outros pássaros retomaram o monte e das rochas à beira do Waingunga veio o áspero ronco de Baguera, mistura de relincho de cavalo e grito de águia. Na galhada acima de sua cabeça, toda coberta de brotos e botões, chiou um rebuliço dos barulhentos *bandar-log*. No entanto, Mogli ficou onde estava, com o peito ainda cheio do fôlego que tomara para responder o canto de Mor, fôlego que logo se perdeu como se o ar fosse expulso por aquele estranho sentimento de tristeza.

Olhou ao seu redor: só viu os zombeteiros *bandar-log* aos pulos nos galhos e lá adiante Mor, no pleno esplendor de sua cauda aberta.

— Os cheiros mudaram! — gritou Mor. — Boa caçada, irmãozinho! Por que demora a sua resposta?

— Irmãozinho, boa caçada! — piaram Chil, o gavião, e a companheira, e em voo ligeiro desceram para roçar com as penas a face do rapaz.

Uma leve chuva de primavera, chamada de chuva de elefante, caiu sobre a selva numa área de um quilômetro, fazendo as folhas brilharem e tremerem, num duplo arco-íris. A barulheira da primavera diminuiu por instantes e, no silêncio feito, Mogli viu que, com exceção dele, toda a selva estava tagarelando.

— Comi bem — disse o rapaz para si mesmo —, bebi bem, minha garganta não arde ou aperta como quando mastiguei as raízes manchadas de azul que Oo, a Tartaruga, me disse que eram comestíveis. Mas tenho o estômago pesado e tratei mal Baguera e todos os outros. Ora me sinto quente, ora frio; ora nem quente nem frio, mas apenas furioso contra não sei o quê. Ah-ah! Está na hora de dar uma corrida. Esta noite cruzarei as montanhas; sim, darei uma corrida de primavera até os pântanos do norte, ida e volta. Faz muito tempo que caço sem esforço, isso está me deixando irritado. Os quatro lobinhos irão comigo, porque também estão engordando como lagartas brancas.

Mogli os chamou. Nenhum respondeu. Estavam fora do alcance da sua voz, uivando os cantos da primavera – o canto da lua e do cervo – com os demais lobos da alcateia; nessa estação, o povo da selva não diferencia muito entre o dia e a noite. Mogli soltou a aguda nota do grito de chamada, mas teve como resposta única o miado irônico do gato malhado das árvores, que subia pelos galhos à procura de ninhos. Então assumiu um ar insolente, embora ninguém o estivesse vendo, e desceu o morro de queixo para cima e sobrancelhas para baixo. Ninguém lhe dirigiu a palavra, pois estavam todos muito ocupados com seus próprios assuntos.

— Sim... — rosnou Mogli, embora soubesse, no seu íntimo, que não tinha razão. — Agora, só porque o olho-da-primavera abriu e Mor exibe suas penas em danças da estação, a selva fica louca como Tabaqui... Pelo touro que me comprou, sou ou não sou o senhor da selva? Quietos! Que fazem aí?

Dois lobos novos corriam por um atalho, à procura de uma clareira onde pudessem lutar (a lei da selva proíbe lutas à vista dos outros). Tinham os pelos da nuca arrepiados como agulhas e latiam, furiosos, na ânsia do primeiro combate. Mogli saltou à frente deles e, jogou cada um para um lado, certo de que os lobinhos se afastariam sem briga, como tantas vezes acontecera. Mogli esquecia que era primavera. Os lobinhos encontraram-se de novo logo adiante e, sem perda de tempo, empurraram Mogli para o lado.

Com os dentes à mostra, Mogli quase os atacou naquele momento, pela simples razão de que lutavam e ele os queria quietos, embora a lei determine que todos os lobos têm o direito de lutar. De repente, porém, a raiva passou.

— Desde o tempo em que Shere Khan morreu, nenhum lobo da alcateia jamais me desobedeceu, e esses dois nascidos ontem desobedeceram! Minha força fugiu de mim.

A luta dos lobinhos continuou até que um fugiu. Mogli ficou sozinho na arena, olhando para seus braços e pernas, enquanto o sentimento de tristeza, que ele nunca tinha sentido antes, o envolvia por inteiro, como a água envolve um tronco imerso no rio.

Mogli tinha caçado cedo naquela tarde, mas comeu pouco, para que pudesse estar em boas condições para a corrida. Também comeu sozinho, porque todo o povo da selva andava disperso em lugares distantes, lutando e cantando. Corria uma perfeita noite branca, como dizem lá. Todas as coisas verdes pareciam crescer um mês em horas. Árvores, antes amareladas, agora espirravam seiva, se alguém partisse um dos seus galhos. Os musgos se estendiam espessos e macios sob seus pés; os capins ainda não tinham pontas cortantes; todas as vozes da selva ressoavam como harpa de cordas graves, tocada pela lua – a lua das falas novas – que derramava em cheio seus raios nas pedras e nos rios, raios que se esgueiravam por entre troncos e cipós, e se fragmentavam em feixes de luz entre milhões de folhas. Esquecido da sua tristeza, Mogli cantou alto, com puro prazer, ao começar a correr. Mais voava do que corria, pois escolhera como rumo o declive que, através do coração da selva, conduzia direto aos pântanos do norte. O chão fofo amortecia seus passos. Um homem criado entre homens teria tropeçado e caído cem vezes, vítima das traições do luar; mas os músculos de Mogli, treinados por anos de experiência, o levavam como se fosse uma pluma. Quando um tronco podre ou uma pedra oculta se revirava, ao contato de seus pés, ele saltava adiante, sem esforço, por instinto ou hábito. Quando se cansava de caminhar pelo solo, subia pelos cipós, árvores acima, e então parecia flutuar pelas estradas aéreas. Havia arbustos de brotos úmidos que o envolviam e o abraçavam pela cintura e montes de pedras, onde ele ia saltando, para o grande susto das raposas que descansavam sobre elas.

Mogli podia ouvir, ao longe, o ruído de um javali afiando as presas num tronco e, indo naquela direção, veria o bruto animal de boca espumando e olhos em fogo. Ou podia correr para o lugar de onde vinha o som de corpos se batendo e de grunhidos soltos, para ver de perto dois veados que, de cabeça baixa, lutavam um contra o outro. Ou se esgueirar para espiar o nado de Jacala, o Crocodilo, que muge como um touro. Ou desatar rapidamente o nó de serpentes que se entrelaçavam, sumindo na selva antes que pudessem picá-lo.

Assim ele correu aquela noite, às vezes gritando, às vezes cantando, correu até que o cheiro das flores o avisou de que estava próximo dos pântanos e longe, muito longe da sua selva.

Lá também um homem criado entre homens teria ficado atolado, de ponta-cabeça, só de dar os primeiros passos; mas os pés de Mogli tinham olhos e passavam de um tufo de capim para outro, pisando com firmeza em pedaços de galhos, sem pedir ajuda aos olhos da cara. Correu assim até o centro do pântano, dispersando os patos, e se sentou num monte coberto de musgo que emergia da água escura. À sua volta, tudo estava alerta, porque na primavera o povo alado dorme pouco, e bandos de asas vão e vêm dentro da noite. Nenhuma das aves, porém, deu atenção a Mogli. Nenhuma o viu sentado entre as plantas aquáticas, entoando cantigas sem palavras, enquanto examinava os pés à procura de algum espinho. Toda sua tristeza de horas antes tinha ficado para trás, na selva. De repente, quando começou um canto a plenos pulmões, a tristeza veio de novo, dez vezes pior do que antes.

Dessa vez, Mogli ficou com medo e gemeu alto:

— Aqui também! Veio atrás de mim! — disse e, espiando sobre os ombros para ver se alguém o seguia, exclamou: — Não há ninguém aqui!

Os ruídos noturnos do pântano continuaram, sem que qualquer ave ou outro animal dirigisse a palavra a ele. Sua tristeza aumentou.

— Tive medo e não era eu quem tinha medo!

Lágrimas grossas e quentes rolaram sobre seus joelhos e, mesmo abatido como estava, Mogli viu alguma felicidade nesse sentimento, se é que se pode entender esse tipo estranho de felicidade. Se calou por alguns instantes, recordando as últimas palavras do Lobo Solitário. — Akela me disse, antes de morrer, coisas bem estranhas. Disse que... Não! Não! Não sou homem, não! Sou da selva!

Na sua animação, ao se recordar de Akela, fez escapar da boca de Mogli esse protesto e essa afirmativa em voz alta. Uma búfala, longe, no pasto abundante, ergueu-se nos joelhos e mugiu:

— Homem!

— Ora! — exclamou Mysa, o Búfalo Selvagem, com estrondo, lá do seu lameiro. — Não é homem, não. É o lobo pelado da alcateia de Seoni. Em noites como esta costuma sair sem rumo pela selva.

— Ah! — respondeu a búfala, baixando de novo a cabeça para o capim.
— Achei que fosse um homem.

— Não é. Mogli, você está em perigo? — mugiu Mysa, dirigindo-se ao rapaz.

— Mogli, você está em perigo? — repetiu o rapaz, com sarcasmo. — É só nisso que Mysa pensa: perigo! Mas quem se importa com o Mogli, que anda de lá para cá na selva, à noite?

— Como ele está falando alto! — observou a búfala.

— É assim que choram os que arrancam o capim, mas não sabem comê-lo — explicou Mysa com desprezo.

— Por menos do que isso — gemeu Mogli para si mesmo — nas últimas chuvas, expulsei Mysa do seu lameiro e o fiz cruzar os pântanos em fuga.

Sua mão se esticou para colher uma folha qualquer, parando no meio do caminho. Mogli suspirou. Mysa continuava mascando seus capins em companhia da búfala.

— Não, não ficarei *aqui*! — berrou Mogli com força. — Vou embora do pântano e ver o que acontece. Jamais corri uma corrida da primavera assim, com o corpo quente e frio ao mesmo tempo. Upa, Mogli!

Mogli não resistiu à tentação de se esgueirar pelas moitas próximas de Mysa e cutucá-lo. O enorme animal saiu da lama fazendo uma barulheira, enquanto o rapaz ria à vontade.

— Conta agora que o lobo pelado de Seoni já o espetou uma vez, Mysa!

— Lobo, você? — bufou o touro, entrando de novo no lamaçal. — Toda a selva sabe que você foi pastor de gado manso. *Você*, da selva? Que caçador da selva teria vindo até aqui, igual uma cobra, e por brincadeira, brincadeira de chacal, teria me envergonhado diante da companheira? Vem para a terra firme que eu... que eu...

Mysa espumava de raiva, pois era, talvez, o animal de pior temperamento da selva. Mogli viu que estava a ponto de explodir, com aqueles olhos que nunca mudam. Quando conseguiu se fazer escutar, perguntou:

— Que aldeia de homens há aqui por perto, Mysa? Não conheço essa selva.

— Segue para o norte — bramou o raivoso búfalo, que havia sido espetado profundamente. — Vai para lá e conta para os da aldeia da sua brincadeira de mau gosto, no pântano.

— A alcateia dos homens não gosta de histórias da selva, e também não acredito, Mysa, que uma simples arranhadura no seu corpo seja assunto para reunião de Conselho. Mas irei ver a aldeia. Devagar! Devagar! Não são todas as noites que o senhor da selva vem espetá-lo!

Mogli caminhou pela beirada do pântano, sabendo que Mysa nunca o atacaria ali, e seguiu rindo da raiva do búfalo.

— Minha força não foi embora — disse consigo.

Mogli a olhou, fazendo um canudo com as mãos.

— Pelo touro que me comprou! É a flor vermelha, a flor vermelha que deixei atrás de mim quando me mudei para a alcateia de Seoni. Agora, que a vejo de novo, vou terminar a minha corrida.

O pântano dava para uma planície aberta, onde outras luzes piscavam. Fazia muito tempo que Mogli se afastara dos homens, mas, naquela noite, a flor vermelha o atraiu.

— Irei ver se a alcateia dos homens mudou — disse ele. Esquecido de que não estava na sua selva, onde podia fazer o que quisesse, Mogli correu despreocupado pela relva úmida, até alcançar a cabana de onde vinha a luz. Três ou quatro cães latiram. Estava nos arredores de uma aldeia.

— Ufa! — disse Mogli, sentando-se e soltando um profundo uivo de lobo, que fez os cães se calarem. — O que está para vir, virá. Mogli, Mogli, o que você está fazendo na alcateia dos homens? — exclamou.

A porta da cabana se abriu e uma mulher espiou no escuro. Dentro, uma criança começou a chorar.

— Dorme — disse a mulher. — Foi algum chacal que uivou para os cães. Dorme, que o dia não tarda.

Escondido nos arbustos, Mogli tremeu como se tivesse febre. Aquela voz! Aquela voz, ele a conhecia! Mas, para ter certeza, gritou baixinho, surpreso de ver como a língua dos homens lhe vinha fácil:

— Messua! Messua!

— Quem me chama? — perguntou a mulher, com voz trêmula.

— Já me esqueceu? — respondeu Mogli, com a garganta apertada.

— Se é você, diga o seu nome. Diga! — exigiu Messua, com a porta entreaberta e uma das mãos no peito.

— Nathoo! — respondeu Mogli, pois, como todos sabem, esse era o nome que lhe dera Messua quando o encontrou pela primeira vez.

— Vem, meu filho! — chamou a mulher.

Mogli entrou e pôs os olhos naquela que tinha sido boa para ele e que ele salvara da fúria dos habitantes da aldeia. Estava mais velha, com os cabelos grisalhos, mas sem mudança nos olhos nem na voz. De forma muito maternal, Messua esperava encontrar Mogli como o deixara, e seus olhos se espantavam de vê-lo um homem feito, com a cabeça já quase alcançando o teto.

— Meu filho! — exclamou tonta e depois num deslumbramento. — Mas não é meu filho. É um deus da selva! Ai!

De pé, ao clarão da lâmpada, forte, alto e belo, com os longos cabelos negros caindo sobre os ombros e a cabeça coroada de jasmins, Mogli podia mesmo ser confundido com um deus da selva. A criança meio adormecida no berço se ergueu e chorou. Messua foi sossegá-la, enquanto Mogli, de pé, olhava para as vasilhas de água, panelas, bancos e toda a tralha doméstica de que se recordava muito bem.

— Você quer comer ou beber? — perguntou Messua. — Tudo aqui é seu. A você devemos nossas vidas. Mas você é mesmo aquele a quem chamávamos Nathoo ou é um deus da selva?

— Sou Nathoo — respondeu Mogli. — Fui aos pântanos e me afastei da minha selva. Avistei uma luz de longe e aqui estou. Não sabia quem morava nessa cabana.

— Depois que viemos para Khanhiwara — disse Messua, timidamente —, os ingleses quiseram nos ajudar contra a gente perversa da outra aldeia, lembra?

— Nunca me esqueci.

— Mas, quando a lei inglesa ia agir e voltamos para a aldeia da gente que queria nos prender, nada mais encontramos.

— Também me recordo disso — murmurou Mogli com um tremor nas narinas.

— Meu marido, então, começou a trabalhar nesses campos e finalmente, porque era de fato um homem forte, conseguimos um pouco de terra. O lugar não era rico e fértil como lá, mas não precisávamos de muito, só nós dois.

— Onde está ele, o homem que cavava o chão naquela noite de medo?

— Morreu faz um ano.

— E esse menino, quem é?

— Meu filho, nascido duas chuvas passadas. Se você é um deus, dê-lhe a proteção da selva para que sempre esteja seguro no meio do seu... do seu povo, como nos sentimos seguros no dia da fuga. E esse é o meu Nathoo que o tigre raptou — prosseguiu Messua. — Ele é seu irmão mais novo. Dê-lhe sua benção de irmão mais velho.

— Ora! O que sei eu de bênçãos? Não sou nenhum deus nem o irmão dele e... Mãe, mãe, meu coração está pesado dentro de mim!

— É febre — disse Messua. — Isso vem de andar pelo pântano à noite...
A febre penetrou até o tutano dos seus ossos.

Mogli sorriu com a ideia de que qualquer coisa na selva pudesse lhe
fazer mal.

— Vou fazer fogo e te dar leite quente para beber. Tire da cabeça a coroa
de jasmins; o cheiro é muito forte para essa salinha tão pequena.

Mogli se sentou, murmurando coisas para si, com o rosto nas mãos. Sensa-
ções jamais experimentadas o invadiram exatamente como se estivesse envene-
nado. Bebeu o leite morno em goles lentos, enquanto Messua, de vez em quando,
batia no seu ombro, ainda sem saber se ele era Nathoo ou algum maravilhoso
gênio da selva, embora contente de perceber que, pelo menos, era humano.

— Filho — disse ela, por fim, com os olhos brilhantes de orgulho —,
ninguém nunca te falou que você é o mais belo dos homens?

— Hein?! — indagou Mogli, que naturalmente jamais ouvira uma opi-
nião a seu respeito.

Messua sorriu, carinhosa e feliz. Olhar para ele era a felicidade.

— Sou então a primeira criatura que te diz isso? Bem, embora as mães
sempre digam coisas lindas dos seus filhos, você é realmente belo. Nunca
meus olhos viram um homem como você!

Mogli retorceu a cabeça tentando ver a si próprio, abaixo do ombro.
Messua riu tanto que ele, sem saber por que, riu também, e a criança, que
olhava ora um ora outro, acompanhou o riso.

— Não ria do seu irmão — disse-lhe Messua, aconchegando-a ao peito.
— Quando você tiver a metade da beleza dele, vou casá-lo com a filha mais
moça de rei, e passeará montado em elefantes.

Mogli não entendeu mais que uma de cada três palavras ditas por Messua. O leite quente começou a fazer efeito no seu corpo, cansado da dura
corrida. Ele se deitou e, instantes depois, mergulhava em profundo sono.
Messua, feliz, afastou os cabelos da sua testa e o agasalhou. Ele dormiu à
moda da selva, toda a noite e todo o dia seguinte; seu instinto o advertira de
que nenhum perigo o ameaçava ali. Finalmente despertou, e deu um salto
que estremeceu a cabana: o lençol com que Messua o cobrira fizera-o sonhar
com armadilhas. Despertou de faca na mão, pronto para a luta.

Messua sorriu e colocou diante dele a refeição da tarde, composta de
bolos cozidos, arroz e um pouco de tamarindo em conserva, o necessário
para forrar o estômago até a hora da caçada noturna. O cheiro que vinha dos

pântanos o deixava faminto e inquieto. Mogli precisava terminar sua corrida da primavera, mas a criança insistia em se sentar no seu colo, e Messua quis pentear sua cabeleira. Ela cantou cantigas de ninar enquanto o penteava, ora chamando-o de filhinho ora implorando que desse à criança um pouco do seu prestígio na selva.

A porta da cabana estava fechada. Mesmo assim, Mogli ouviu de fora um som, bastante familiar para ele e notou que o queixo de Messua caiu de susto ao ver uma enorme pata cinzenta entrando por debaixo da porta. Era o irmão cinzento, soltando um gemido abafado de ansiedade e medo.

— Espere, irmão cinzento. Você não veio quando eu chamei — disse Mogli, na linguagem da selva, sem voltar o rosto, e a pata do lobo desapareceu debaixo da porta.

— Não traga nunca os seus companheiros para cá — pediu Messua, tímida. — Eu... nós temos sempre vivido em paz com a selva.

— E em paz vão continuar vivendo — disse Mogli, levantando-se. — Lembra-se daquela noite no caminho de Khanhiwara? Havia dezenas de animais como esse, diante e atrás de vocês. Acho que, mesmo na primavera, o povo da selva jamais se esquecerá disso. Mãe, eu já vou.

Messua foi até Mogli, humildemente. Ele era mesmo um deus da selva! Mas quando o viu abrir a porta para sair, a mãe que havia dentro dela o abraçou várias vezes.

— Volte, sim? — pediu com carinho. — Filho ou não, volte porque eu te amo. Olhe, ele também está triste.

A criança chorava ao ver que o homem da linda faca estava indo embora.

— Volte outra vez — repetiu Messua. — De dia ou de noite, essa casa estará sempre de portas abertas para você.

A garganta de Mogli se apertou. Sua voz parecia ter sido arrancada à força quando respondeu: — Sim, voltarei.

— E agora — murmurou, depois que saiu — tenho minhas contas para ajustar com você, irmão cinzento. Por que vocês quatro não vieram quando os chamei há tanto tempo?

— Tanto tempo? Foi ontem! Eu... nós estávamos cantando na selva os novos cantos, porque o tempo das falas novas chegou. Não se lembra?

— É verdade, é verdade...

— E, logo depois dos cantos — prosseguiu o Lobo Cinzento, animado —, segui seu rastro. Passei à frente dos outros e vim até aqui. Mas, irmãozinho, o que aconteceu para você estar de novo comendo e dormindo na alcateia dos homens?

— Se você tivesse vindo quando chamei, isso nunca teria acontecido — respondeu Mogli, apressando o passo.

— E agora, como vai ser? — perguntou o lobo.

Mogli ia responder, quando uma mocinha vestida de branco surgiu no caminho que levava à aldeia. O Lobo Cinzento imediatamente se escondeu, e Mogli saltou para dentro de um milharal alto. Estava tão perto que quase poderia tocá-la, enquanto as hastes verdes e mornas o escondiam e ele desaparecia como um fantasma. A mocinha soltou um grito, pois pensou ter visto mesmo um espírito e, em seguida, deu um profundo suspiro. Mogli a seguiu com os olhos, por trás dos talos de milho, até que seu vulto se perdeu ao longe.

— E agora? Agora não sei... — respondeu finalmente, voltando-se para o lobo, e também suspirando. — *Por que* você não veio quando chamei?

— Nós o seguimos, nós o seguimos... — murmurou o lobo, lambendo seu calcanhar. — Nós vamos segui-lo sempre, exceto no tempo das falas novas.

— E me seguiriam na alcateia dos homens também?

— Não fizemos isso na noite em que os homens de Seoni expulsaram você do bando? Quem te despertou quando você dormia no meio das roças?

— Sim, mas me seguirão de novo?

— Não o segui esta noite?

— Mas me seguirá sempre, sempre, sempre, e outra vez, e outra vez, e outra vez, irmão cinzento?

O lobo se calou por alguns instantes. Quando de novo abriu a boca, foi para dizer para si mesmo:

— Era verdade o que a Pantera Negra falou...

— E o que ele disse?

— Disse que o homem volta para o homem, no fim. Raksha, nossa mãe, também disse isso.

— E Akela também, na sua última noite — acrescentou Mogli.

— E também Kaa, a Serpente da Rocha, que tem mais sabedoria do que todos nós.

— E você, irmão cinzento, o que diz?

— Eles já expulsaram você uma vez, com feios insultos. Eles mandaram Buldeo atrás de você. Você, e não eu, disse que eles eram maus e insensatos. Você, não eu, eu sigo meu próprio povo, foi admitido na selva por causa deles.

— Pare! Por que está me dizendo tudo isso?

Iam conversando enquanto corriam. O Lobo Cinzento ficou alguns instantes calado, depois falou:

— Filhote de homem, senhor da selva, filho de Raksha, meu irmão de caverna: embora eu fraqueje nas primaveras, o seu caminho é o meu caminho, o seu abrigo é o meu abrigo, a sua caça é a minha caça e a sua luta de morte será a minha luta de morte. Falo por mim e pelos outros três. Mas o que você vai dizer para a selva?

— Bem pensado. Vai e reúne o Conselho na Rocha, quero dizer a todos o que tenho no coração. Mas talvez não compareçam: do tempo das falas novas todos se esquecem de mim...

— Só isso? — perguntou o lobo, pondo-se em marcha e afastando-se do pensativo Mogli.

Em qualquer outra estação, aquela novidade teria reunido na Rocha todo o povo da selva; mas era o tempo das falas novas e todos andavam dispersos, caçando, lutando e cantando. Para um e para outro, corria o Lobo Cinzento com a novidade:

— O senhor da selva irá voltar para os homens! Vamos à Rocha do Conselho!

E, ruidosos e felizes, os animais respondiam:

— Ele retornará quando vierem os calores do verão, quando vierem as chuvas. Vem cantar conosco, irmão cinzento.

— Mas o senhor da selva irá voltar para os homens! — repetia, aflito, o lobo.

— E daí? O tempo das falas novas perde alguma coisa com isso? — perguntavam a ele.

Desse modo, quando Mogli, de coração pesado, chegou à Rocha, onde há anos fora trazido ao Conselho, só encontrou os quatro irmãos lobos, Balu, que já estava quase cego, e o pesado Kaa, enroscado sobre a pedra de Akela, que ainda estava vaga.

— Então termina aqui o seu caminho, homenzinho? — perguntou a serpente, logo que Mogli se sentou, com as mãos no rosto. — Grita o seu grito! Somos do mesmo sangue, eu e você, homens e serpentes!

— Minha força está indo embora. Dia e noite ouço passos duplos no meu caminho. Quando volto a cabeça, sinto que alguém se esconde de mim. Procuro por toda a parte, atrás dos troncos, atrás das pedras, e não encontro ninguém. Chamo e não tenho resposta, mas sinto que alguém me ouve e não quer responder. Se me deito, não tenho descanso. Corri a corrida da primavera e não sosseguei. Banho-me e não me refresco. O caçar me deixa entediado. Não sei o que sei...

— Para que falar? — observou Balu, lentamente, voltando a cabeça para onde estava Mogli. — Akela disse que Mogli levaria Mogli para a alcateia dos homens outra vez. Eu também afirmei isso, mas quem ouve o que Balu diz? Baguer, onde está Baguera esta noite? Ele também sabe disso. É a lei.

— Quando nos encontramos na Cidade Perdida, homenzinho, eu já sabia disso — acrescentou Kaa, refazendo sua espiral. — Homem vai para os homens, embora a selva não o expulse.

Os quatro lobinhos se entreolharam e depois fixaram os olhos em Mogli, intrigados e obedientes.

— Então a selva não me expulsa? — sussurrou Mogli. O irmão cinzento e os outros três uivaram furiosamente:

— Enquanto vivermos, ninguém ousará...

Mas Balu os interrompeu:

— Eu te ensinei a lei. Cabe a mim falar, e, embora meus olhos não vejam a pedra que está perto, enxergam tudo que está longe. Rãzinha, siga o seu caminho, mas, quando precisar de pata, dente ou olho, lembre-se, senhor da selva, de que toda a floresta atenderá ao seu apelo.

— A selva média também está com você — disse Kaa. — Falo por um povo muito numeroso.

— Ai de mim, irmãos! — exclamou Mogli, esticando os braços entre soluços. — Eu não sei o que sei! Não vou, não vou, não quero ir, mas sinto que estou sendo arrastado por ambos os pés. Como poderei deixar de viver essas noites da selva?

— Ergue os olhos, irmãozinho — disse Balu. — Não há mal nenhum nisso. Quando o mel está comido, abandonamos os favos.

— Depois que soltamos a pele velha, não podemos vesti-la de novo — completou Kaa. — É a lei.

— Ouça, querido de todos nós — disse Balu. — Não há aqui, nem nunca haverá, palavra capaz de te manter entre nós. Ergue os olhos! Quem ousará questionar o senhor da selva? Eu te vi brincando no pedregulho, lá embaixo, quando você não passava de pequenina rã; Baguera, que te comprou pelo preço de um touro gordo, também te viu. Daquela noite do "Olhem, olhem bem, lobos!", só ele e eu restamos como testemunhas; Raksha, sua mãe adotiva e seu pai adotivo não estão mais entre nós; a velha alcateia daquele tempo já não existe; você sabe o fim que teve Shere Khan. Só vejo ossos, velhos ossos. Hoje não é o filhote de homem que pede licença à sua alcateia, é o senhor da selva que resolve mudar de caminho. Quem pedirá contas ao homem do que ele quer ou faz?

— Baguera e o touro que me comprou! — respondeu Mogli. — Eu jamais...

Suas palavras foram interrompidas por um rumor nas moitas próximas. Ágil, forte e terrível como sempre, Baguera acabava de saltar para dentro do grupo.

— Todas as dívidas foram pagas. Além disso, minha palavra é a palavra de Balu.

A pantera lambeu os pés de Mogli.

— Lembre-se de que Baguera te ama — disse ele, por fim, retirando-se de um salto. No pé da colina, parou e gritou: — Boas caçadas em seu novo caminho, senhor da selva! Lembre-se sempre de que Baguera te ama.

— Você o ouviu — murmurou Balu. — Não há mais nada para dizer. Vá agora, mas antes venha até aqui. Venha até aqui, sábia Rãzinha!

— É difícil arrancar a pele — murmurou Kaa, enquanto Mogli rompia em soluços com a cabeça junto ao coração do urso cego que tentava lamber os seus pés.

— As estrelas desmaiam — concluiu o Lobo Cinzento, de olhos erguidos para o céu. — Onde vou me abrigar daqui em diante? Agora, os caminhos são novos...

CANTO FINAL

Esta é a canção que Mogli foi ouvindo na selva enquanto caminhava de volta para a casa de Messua.

BALU

Por amor de quem um dia
Mostrou, Rã, segura via,
Por Balu, ouve: respeita
A lei pelos homens feita.
Clara ou não, seja qual for,
Segue-a com maior fervor,
Brilhe o sol e seja dia,
Seja então noite sombria,
Sem para os lados olhar.
Por quem é capaz de te amar
Mais do que todo o mundo,
Se os seus te ferirem fundo,
Diga: canta, Tabaqui!
Se quiserem te magoar:
Shere Khan pode matar!
Se o punhal se erguer tremendo,
Vai à lei obedecendo.
(Raiz e folha, fruto e mel,
Proteja o menino de todo ser cruel.)
Água e lenha, árvore e vento,
Com você está a selva
Agora e a todo momento.

KAA

O ódio é o ovo do terror,
Sem pálpebra o olho vê melhor.
Veneno de cobra não cura.
Falar de cobra – oh, coisa obscura!
E a força sempre se associa
Por essa terra à cortesia.
Sobre um ramo que apodreceu
Não deixe nunca o peso seu.
Mede a sua fome pelas gazelas,
Não sufoquem olhos, as goelas.
Durma depois de saciado
Num abrigo profundo e afastado,
De medo que a vida – ó destino –
Leve a você o assassino.
Por todos os pontos cardeais
Você não irá conversar mais.
(Buraco ou fenda ou celeste passeio,
Segui-o, sim, selva do meio.)
Água e lenha, árvore e vento,
Com você está a selva
Agora e a todo momento.

BAGUERA

Numa gaiola eu comecei,
Dos caminhos do homem eu sei.
À luz dos astros brilhantes,
Não siga gatos errantes.
Clã ou conselho, em caça ou não,
Os chacais evita, então.
E eles comem a mudez
Quando dizem de uma vez:
"Vem a nós! É bom o trilho!"
Se quiserem seu auxílio
Contra o fraco, eles te imploram,
E o silêncio eles devoram.
Ao macaco, o orgulho te traz!
Leve a sua presa em paz.
Que da caça, nem um clamor
Te afaste, seja como for.
Ó, poentes iluminados,
Servi-o, vigias dos veados!
Água e lenha, árvore e vento,
Com você está a selva
Agora e a todo momento.

ASSINE NOSSA NEWSLETTER E RECEBA INFORMAÇÕES DE TODOS OS LANÇAMENTOS

www.faroeditorial.com.br

ESTA OBRA FOI IMPRESSA EM MAIO DE 2023